纪念改革开放
四十周年

图书在版编目(CIP)数据

民营企业家家书 / 民营企业家家书编辑部编. -- 北京:中华工商联合出版社,2018.12

ISBN 978-7-5158-2194-8

Ⅰ.①民… Ⅱ.①民… Ⅲ.①书信集-中国-当代

Ⅳ.①I267.5

中国版本图书馆CIP数据核字(2018)第 263149 号

民营企业家家书

编 者:	民营企业家家书编辑部
责任编辑:	吕 莺 董 婧
封面设计:	张红涛
责任审读:	李 征
责任印制:	迈致红
出版发行:	中华工商联合出版社有限责任公司
印 刷:	北京毅峰迅捷印刷有限公司
版 次:	2019年3月第1版
印 次:	2019年3月第1次印刷
开 本:	710mm×1000mm 1/16
字 数:	92千字
印 张:	13
书 号:	ISBN 978-7-5158-2194-8
定 价:	88.00元(全彩印刷)

服务热线:010-58301130
销售热线:010-58302813
地址邮编:北京市西城区西环广场A座
　　　　　19-20层,100044
http://www.chgslcbs.cn
E-mail: cicap1202@sina.com(营销中心)
E-mail: gslzbs@sina.com(总编室)

YISHU

写在前面

YIQINGHUAI

　　2018年是我国改革开放四十周年。四十年来，伴随着改革开放的进程，非公有制经济从小到大，从弱到强，快速发展，在稳定增长、促进创新、增加就业、改善民生等方面发挥了重要作用，成为稳定经济的重要基础，国家税收的重要来源，技术创新的重要主体，金融发展的重要依托，经济持续健康发展的重要力量。

　　在非公有制经济发展壮大的过程中，民营企业家功不可没，他们积极投身创业的时代浪潮之中，为中国的经济腾飞做出了重要贡献。四十年来，他们有着怎样的奋斗岁月，有着怎样的感慨和领悟？又是什么让他们一路坚持一路

前行？为此，在改革开放四十周年之际，我们征集和整理了数十位优秀企业家的家书，我们希望通过这些家书，让更多的人看到民营企业家商海拼搏的心路历程、积极进取的创业精神，以及他们强烈的社会责任感和良好的家风家教，从而更好地营造支持非公经济发展的良好氛围。同时这一封封充满真情、带着温度的家书，也从一个侧面透视出了非公经济发展的轨迹，展示出了改革开放四十年的成果。

本书收录的家书类别广泛，既有对父母、爱人、子女的爱意表达，也有对家族长辈及晚辈的真情流露。还有一些家书超越了传统家书的范畴，把企业员工作为自己的家人，把在工作中认识的朋友作为家人。在这些家书中，企业家以广阔的胸怀，表现出对企业员工的热心关怀，对亲友的感激之情。还有企业家写给自己的勉励期许家书，以及对家

族创业史的倾情追忆家书，读后令人感
慨万分。

天下之本在于国，国之本在于家。
家书是中华文明的一部分，也是中华民
族优秀文化的组成部分。今天我们编辑
这一封封真挚感人的企业家家书，从他
们传承商道、修身齐家的所思所为，看
到的是企业家们响应改革开放号召、助
力经济腾飞的拼搏精神，是企业家们脚
踏实地、奋勇争先、为中华民族的伟大
复兴贡献一己之力的时代精神。

谨以此书致敬改革开放四十周年。

不忘初心
砥砺前行

家国情怀　代代相传

——见证时代的浓浓家书

　　本辑所收录的家书，是企业家们写给自己的父母、爱人、子女及其他亲人的书信。这些写给至亲之人的书信，最能反映出在改革开放四十年中奋斗的企业家们的内心世界与精神面貌。在这些真情洋溢、充满爱意的家书中，我们看到的是企业家们对父母的深深感恩之情，对子女的谆谆教导之情，对妻子的深深爱恋之情，同时还有对自己的经商处世的心路历程所做的总结与回顾，其中既有为商之道，更有为人之道。作为改革开放四十年的见证者、亲历者，他们的从商之路、拼搏之路正是社会发展的缩影，他们的家风家教正是传统文化在当下社会中的传承。

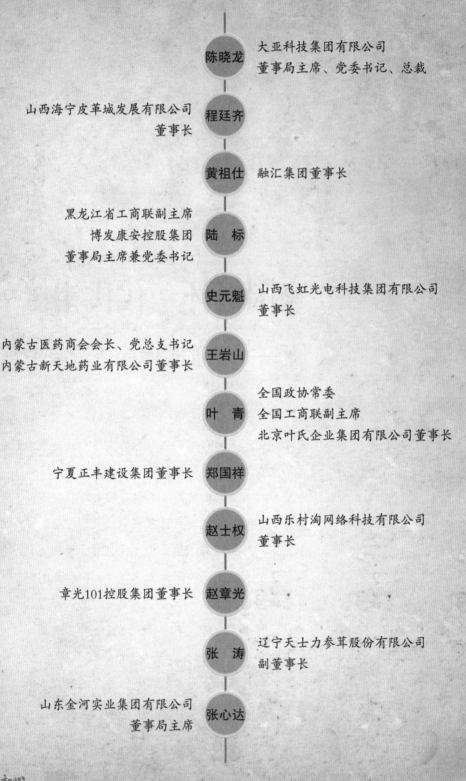

陈晓龙　大亚科技集团有限公司
　　　　董事局主席、党委书记、总裁

山西海宁皮革城发展有限公司
董事长　　　程廷齐

黄祖仕　融汇集团董事长

黑龙江省工商联副主席
博发康安控股集团
董事局主席兼党委书记　　陆　标

史元魁　山西飞虹光电科技集团有限公司
　　　　董事长

内蒙古医药商会会长、党总支书记
内蒙古新天地药业有限公司董事长　　王岩山

叶　青　全国政协常委
　　　　全国工商联副主席
　　　　北京叶氏企业集团有限公司董事长

宁夏正丰建设集团董事长　　郑国祥

赵士权　山西乐村淘网络科技有限公司
　　　　董事长

章光101控股集团董事长　　赵章光

张　涛　辽宁天士力参茸股份有限公司
　　　　副董事长

山东金河实业集团有限公司
董事局主席　　张心达

陈晓龙

大亚科技集团有限公司
董事局主席、党委书记、总裁

写给妈妈的信

亲爱的妈妈，您好！

今天是母亲节，甚念！

妈妈，我想对您说，今年我继承爸爸未竟的事业整整三周年了。这些年来，爸爸始终是一座山，他高耸在我的心里；爸爸是一片海，他奔腾在我的血液里。在这一千多个日日夜夜，我和企业数万名员工休戚与共，同心协力，确保企业发展方向不偏、动力不减、创新不止，继续使大亚这艘"航母"劈波斩浪、远航蓝海。

妈妈，受您影响，耳濡目染，我经常跟员工们说这样一句话："传播大爱，让爱毅行！"这些年，我用一系列关怀社会、关注环境、资助公益的行动，传递温暖与希望，诠释了我们这代人的社会责任和义务，在此方面的投入已达6500多万元，被地方政府授予"最具爱心慈善捐赠突出贡献企业"，我本人也被国家有关部委授予"首届生态文明·绿色发展年度人物"。

妈妈，今年是中国改革开放40周年，也是大亚集团成立40周年的喜庆之年。放眼十九大成功召开后的中国，奋斗正当其时，发展正当其势。我将以奋进者定义自己，以奋进姿态报效祖国，将企业做成一个有理想、有抱负、有底蕴、有情怀的企业。

祝妈妈身体健康，万事如意！

儿：陈晓龙

2018年5月13日

企业家小传

　　陈晓龙，男，1976年5月出生，中共党员。天津南开大学毕业，留学英国赫尔大学，研究生学历。现任大亚科技集团有限公司董事局主席、党委书记、总裁。

　　作为新生代企业家，陈晓龙志存高远，敢为人先，以"知识推动、创新推动"的睿智和"敢为天下先、爱拼才会赢"的闯劲，坚守实业、做强主业、强化责任、勇于担当，带领集团2万余名员工风雨兼程，铿锵前行，着力推动企业转型发展和供给侧结构性改革，集团多年跻身中国民营企业500强和中国制造业企业500强，形成了以圣象家居产业为主导、新材料产业为基础、汽配和转型产业为两翼的网络化协同制造的现代产业新格局；建成了亚洲最大的人造板生产制造基地、世界著名的圣象品牌中心、中国最大的家居体验馆、全球智能车轮的样板企业。

"传承创新、智行未来"是大亚的经营理念，也是陈晓龙信奉的人生格言。他坚持以振兴民族工业、铸就民族品牌的企业家精神为己任，以实业报国的情怀和锲而不舍的追求，致力于引领和推动整个行业的稳健发展。他秉承"为市场传递价值、为员工创造福利、为社会贡献效益"的企业核心价值观，坚定不移实施集团"五大战略"、打赢"五大战役"，加快"数字大亚"建设与运用，持续创新，接力奋斗，矢志将大亚建成全球知名的跨国企业集团！

程廷齐

山西海宁皮革城发展有限公司董事长

写给儿子的信

儿子：

展信如面。

最近，你走上工作岗位，人生旅程步入新的节点，爸爸衷心祝愿你工作顺利，天天进步。

较之前的读书、升学、深造，参加工作意味着你所积累的知识、才华、能力付诸实践，这是一个人付出自我、回馈社会的开始，也是一个人真正成熟的起点。在此，爸爸向你提几点建议：

一、不要停止学习。目前，在你的生活中，改变最大的应该是学习这件事突然停止了。我问你闲暇时做什么，你说得最多的是运动。运动固然好，爸爸更希望你不要停止读书，以从中充实自我，训练独立思维，提升精神境界，培养人生格局。学习是一辈子的事，所谓"活到老，学到老。"人生的任何时候，只要你留意，都有得学。学习身边人的处事方式，学习与人交往的艺术，学习生活的能力……

二、在成长中认识。成败得失都是收获。我曾经在中国大江南北奔波创业，这样的历程你不必亲历，但每个人成长中必须经历的积累，无人取代。你们这一代赶上了好时候，进行过系统的知识学习和思维训练，顺理成章地选择自己喜欢做的事。爸爸十九岁创业，奔波于晋北和江浙沪之间，涉足建材、运输、商贸、物流、生产制造等行业，近年又回山西怀仁发展，经历的成败得失数不胜数。爸爸希望你工作中，不要受一点打击就沮丧，觉得工作毫无意义，甚至连人生观也颓废了。一个人最充实的时候是成长，在成败得失的收获中成长，是最有意义的。

三、工作不只是为了赚钱，重要的是开拓自己的发展空间。一个人应该常常思考：自己所结识的人是哪个层次的，他们分别存在于哪一空间，在与不同人交往时自己的坐标在哪里……只有准确定位，才能合理规划人生发展方向。另外，一个人进步与否，不仅仅看他所赚的钱，更看他所结识的人，所去过的地方，所学到的知识，所涉及的领域……

希望参加工作的你能常和爸爸交流，以在思想碰撞中增进了解，同时爸爸也乐于从你的经历中了解一些外资企业的做法。最后，希望你有空回怀仁看看山西海宁皮革城的发展状况，相信你会有异样的收获。

此致！

程廷齐

2016年12月18日

企业家小传

　　程廷齐，山西海宁皮革城发展有限公司董事长，怀仁县经济转型领跑者。多年来，程廷齐坚信"出色的投资项目应该是酵母，能够孵化出可持续发展的企业，从而带动一方经济发展"。先后荣获"山西省优秀企业家"、"首届朔州市经济人物新锐奖"、山西省光彩事业促进会第五届理事会常务理事、"2017年招商引资工作先进个人"等荣誉。

　　1964年，程廷齐生于山西应县臧寨乡，十九岁开始创业。先后涉足建材、运输、商贸、物流、生产制造等行业，奔波于晋北和江浙沪之间。

　　1993年，程廷齐开始在江浙地区进行皮革经销，担任浙江桐乡城东制革厂供销科长，厂改制后，程廷齐出任一舟皮革有限公司副总经理。2002年合资经营一舟皮革有限公司。

2009年，山西省提出并实施雁门关生态经济畜牧区项目建设，程廷齐毅然投资1.73亿元在家乡应县成立山西森泰皮革有限公司，建设了年加工绵羊皮600万张的生产线，实现当年建成并试生产运营。

2011年，怀仁县招商引资政策落地，程廷齐凭借自己在中国皮革商界20多年的实践经验，依托山西皮革商会，筹划与海宁皮革商会、温州皮革商会、北京皮草商会、海宁中国皮革城、浙江一舟皮革公司等中国知名皮革、裘皮生产企业、厂家进行合作，之后，众多商界精英全面考察、分析，山西海宁皮革城项目建设落地。项目总占地200余亩，注册资金3亿元，总建筑面积15万平方米，总投资16亿元，2012年，山西海宁皮革城建成，之后成功招商。同年，山西省委书记两次来到山西海宁皮革城，给予了皮革城超越"深圳速度"的"怀仁速度"评价。

山西海宁皮革城于2012年国庆节试营业，到2013年1月，商城销售额达到13亿多，创造了行业奇迹。

2014年，怀仁县政府提出安排高校毕业生就业、创业的民生工程。程廷齐马上行动，着手建设山西省大学生创业园。2014年6月18日，由上海同济规划设计院设计的山西省大学生创业园顺利开业运营。至此，山西海宁皮革城解决就业人数达6000人。

2017年，程廷齐当选怀仁县总商会会长、工商联主席，助力怀仁县招商引资。

2018年初，程廷齐推动了中国海宁皮革城股份有限公司与山西海宁皮革城发展有限公司强强联手，合作经营，这一成功合作为地方经济注入了强大的生命力，丰富了双方企业文化的内涵，为拓展市场描绘了广阔的发展前景。

不忘初心
砥砺前行

黄祖仕

融汇集团董事长

一、写给儿子的信

威林：

过几天是你32岁的生日，生日快乐！虽然在我们家，生日从来都没有必须的仪式，但我想告诉你，作为父亲，没有什么比看到孩子的成长更开心。天底下所有的父母都会希望孩子更胜自己。

你小时候好动调皮的模样还在眼前，有时我还会和你妈妈说起，为什么从英国回来，你就突然长成了那个温文尔雅的绅士？你和姐姐的长大像是一瞬间的事情，来不及回想，你们已经长大成人。很欣慰，你和姐姐早已参与家族企业的经营管理，并且努力尽你所能。我从不认为事业的成就、人生的圆满会因性别有所差异，不过今天，我还是想以过来人的身份跟你聊聊男人的"而立"问题。

在中国传统中，"而立"指"立业"，"立家"，我想"立业"和"立家"是外在的形式，本质是要有使命感、有担当。

我经历的那个时代，市场处于模糊状态，非常不成熟，有很多的约束。当然，更重要的约束是在意识上的。那时候，大部分年轻人安于现状，只有少数人会觉醒并努力奋斗，而这也正是我那一代人的机会。现在的社会变化太快，跟得上社会进步发展的节奏，就不是一件容易的事情。不管是"商二代"、"官二代"、"星二代"，还是普普通通的年轻人，思想都非常活跃，而眼前的机会也很多，无论是借鉴的机会、学习的机会，发展的空间，都优于过去。每个人都要快速反应，高速发展，你如果跟不上就会被淘汰。这是时代对你这一代人的挑战。

家国情怀　代代相传——见证时代的浓浓家书　辑一

　　我相信每个时代都有每个时代的机会，每个时代都会有每个时代的挑战，没有挑战就不会有成功，任何时代都是我奋斗我成功的时代。遗传基因、性格，以及出身，对于每个人来说无法选择，这些无法选择的因素可能会影响一个人奋斗的结果，但不会直接决定结果。可以选择的是，你是不是努力了，是不是够积极了，是不是对自己有不断进步的要求。每个时代都会给后天努力的人争取平等结果的机会。

　　我年轻时候的奋斗目标很朴素，是为了改善自己和家人的生活，和现在很多普通人奋斗一生的目标一样，相比之下，你比很多人更容易获得想要的物质生活，是不是你就可以停止努力，停止奋斗？威林，我想告诉你，不要放弃可以努力的机会，去体会你为理想的付出，去感受你自己创造的成功，无论输赢，都会带给你真正的快乐和成就感。即使到我这个年龄，未知的机遇和挑战，仍然对我充满着吸引力。所以，你妈妈经常会说我，陪她逛商场20分钟就嫌累，看项目持续走四五个小时还很精神。如果你可以用你坚持的价值观，你认同的方式去实现你的理想，会是一件非常有意思有价值的事情。

我从来不要求你和姐姐一定要取得什么样的成绩，我相信你们只要有上进心，有使命感和责任感，走正门正道，怎么走都是好的结果。你在英国学的是酒店管理，我相信这是你喜欢和擅长的事情。你善于感受生活中的美好，温泉文旅和酒店的事业应该都是可以发挥你所长，找到事业乐趣的方向。希望你正在感受这种成就感。

去年，你在媒体面前提到你恪守的四个字——"守正出奇"，很高兴你把这个词作为自己和其他创业期年轻人共勉的词。中国的成语很有意思，可以顾名思义，守正，守住正确的东西，出奇，意味着不墨守成规，有创新，意味着将过去发扬光大。"守正"不易，"出奇"更不易，我相信以你的智慧、你的能力、你的奋斗，会慢慢感受到其中的乐趣，这将是你的人生中很珍贵的经历和体验，这也是我常常会用各种方式给你压力的原因。

威林，你是一个非常善良的孩子，你几乎对所有人都充满了爱心，你愿意尽你所能去帮助别人，这是你最大的优点，也是作为父亲，我经常会欣慰，也会担心的事情。中国老话说，害人之心不可有，防人之心不可无。在我们所处的环境还不够规范的时候，在契约精神还不能约束每个人的时候，我希望你学会识人，学会如何防范、如何保护自己。

当你清楚地知道自己想做什么，强烈地想要去实现它的时候，你就会具备一种企业家该有的"狼性"。这种"狼性"会帮助你拥有一种意志力，一种斗志，激励你学会认知事物的本质，去为你的理想拼搏，这和你追求的内心平衡一点儿也不冲突。所以，大胆去做，去尝试。我从不担心你和姐姐，以及公司的年轻人会犯错，因为这是每个人、每家公司，以及整个社会，成长的必经之路。

对每个人而言，三十岁之后的这条路会越来越难走，因为可以照顾你的人越来越少，需要你照顾的人越来越多，家人、股东、公司同事、朋友……他们都需要你付出时间、精力、金钱，甚至其他。这个社会也给了男人更多的要求和责任。你是非常善良的人，你不会逃避这份责任，所以，我和你妈妈会希望你尽快成家，希望有好的婚姻，有一位好太太能给予你支持。

我和你妈妈是相亲认识的，其实年轻时期的我和你一样，心高气傲，对自己的婚姻有很多憧憬。

我很幸运，能遇见你妈妈。她贤惠、智慧，和我共同生儿育女，支持我发展事业，在生活中，给了我无条件的支持。人这一生，唯有伴侣陪你走的路最长。未来，你会慢慢体会

一位好的伴侣在你的生活中有多么重要，在一个家庭中，一位有智慧的母亲，有多么重要。

按照你的所思所想所愿，去选择同行的伴侣，并愿意在未来，无论顺境逆境，都执手走下去，这是人生中很美好的一件事。我和你妈妈不会干涉你的婚姻，但愿意给你过来人的体会和祝福。希望未来的路，有人理解你、支持你，一直陪伴你。当然，我们也希望，未来你会是一位有责任感、有担当的好丈夫，一位有爱、有力量的好父亲。

老爸

2018年7月6日

二、写给女儿的信

丹青：

过几天是你34岁的生日，算一算，你正式加入融汇也已十年。十年间，很欣喜能看到你的成长。

还记得十年前，你和弟弟刚从英国结束学业回到国内，那时候你们连路都不会走，过十字路口简直是横冲直撞。在英国过马路，即使没有行人，汽车也会停下来。当时在国内，很多城市还做不到这一点。这就是理想和现实的差距，也是如何去选择去平衡的问题。你不能说这里车不让人，这里就不好，你就可以埋怨社会埋怨环境埋怨别人。如果总是觉得全世界对不起你，你一定会不舒服。社会是在进步的，用积极的态度对待工作、对待生活、对待人生很重要。

你和威林在英国接受的是典型的西式教育，我当时担心的是西式教育和中国文化传承能不能在你们身上得到融合，而不是二者择其一的冲突。我希望你们既有西方的理念，又了解中国传统文化和中国的现实国情，这两者都不能丢。只有传统文化，没有国际视野，满足不了未来国际化的市场需要。如果只有西方那套，在中国也会寸步难行，不单指做企业，个人人生的道路也是如此。包容和兼收并蓄，会让一个人的思维更开阔，也更有力量。

年轻人经常会有一些新鲜的想法，这是美好的事情，虽然有些想法看起来不切实际，甚至有些唐突，但我认为这就是年轻人成长的必经之路，也是所谓传承的必经之路。我愿意给年轻人试错的机会。我希望你和威林，以及公司的年轻人都能够不断地尝试创新，即使需要为这些尝试和创新付出成本，我觉得这些成本是应该付的，因为这就是成长的代价。社会进步，每个人的进步，都来自于创新的意识和不断的探索，来自于有人愿意去走那条没人走过的路。每一条创新的路，一定是摸着石头过河，需要不断地摸索总结提炼沉淀。要么不作为，要么去接受和面对这些。想要成功，又不接受成功的代价，天底下哪有这样的好事？！最主要的，我想还是思想认识的问题，要思考为什么会是这样，怎样才能改变。比如公司引进新的管理模式，一定会伤及一些人，但只要路是对的，那就去做。

记得有一次你问我，几年前把十几亿的化工厂交给你，我是怎么想的？就不怕你做砸了？当时，我跟你说，迟早是要交给你们做，早一点交给你们试错没什么不好。这就是我的真实想法。你问我有没有想过最坏的结果？当然有。最坏的结果我可以接受，那就没问题。当然，在背后，我看到了你想要做好这件事情的努力，同时，我也要衡量我是否为你的试错准备好了合适的企业顶层设计，以及相对完善的内部运行机制、监督机制，这也是我处理问题的思维方式。任何事情，你不能去改变别人，包括你的孩子，你的员工，你只能去改变自己。

一个企业要发展，不可能不犯错，不能因为可能犯错，就不给试错的机会。社会环境同样如此。世界每天每时每刻都在发生着变化，在契约精神还不能约束每个人的时候，你改变不了你的合作伙伴，你需要做的是如何设防，去保护自己。外部政策在发生变化的时候，你去哭去喊也不能解决问题，你需要做的是如何提前预设可能发生的政策变化。

一件事情的成功，一定是外因和内因共同作用，我认为外因对每个人都一样，让一个人一家公司区别于其他人其他公司的是内因。

昨天吃晚饭的时候，你照常跟我说你碰到的各种事情，你无意间提到要包容，要把坏事转变成好事，这一点让我意外，作为父亲，我为你高兴，为你的成长高兴。包容和平衡，是我一直希望你能具有的能力。

在你和你弟弟身上，我经常会看到自己的影子。我在你们这个年龄时，中国刚刚开始改革开放，当时的时代背景和现在完全不一样，但我想，任何时代，个人成长需要具备的基本素质是一样的，对企业家的基本要求也是一样的。我希望你们有上进心，有责任感和使命感，走正门正道，就这些，除此之外，我不会给你们更多的限制和要求，这些也是我的父母曾经对我的要求。你们的爷爷是一个很有胸怀的人，也很有商业智慧。他做事讲规矩，认定的事情一定锲而不舍，这也是我们家族的品质，像基因一样，我相信它们会一代一代传下去，会影响我，也会影响你们。

你和威林小的时候，你们的学习和生活主要是你们的妈妈来管。我和你们一样，要感谢你们的妈妈，她是我心中东方女性的典范，贤惠并且有智慧。女性是一个家族中的重要成员，影响着家族的延续和传承。希望未来你也能成为像你妈妈一样的母亲。

作为父亲，我像是一位太过开明的"甩手掌柜"。包括大学选什么样的专业，我都交给你们自己做主。其实，你们的成长，你们的性格差异，你们各自需要什么样的锻炼，我都看在眼里。没有哪个父母真的不关心不担心自己的孩子，这是父母的天性。作为父母，我希望我的孩子能远远地超过我。而我能做的，就是提供一些经验，告诉你们我的思维论、方法论。剩下的，我相信你们只要去做感兴趣的事，喜欢做的事，然后用心去做，就可以了。我从来没给自己定过目标要成为一个多伟大、多富有的人，只是尽力去做我有能力有必要有可能去做的事，对你们的要求也是如此。

你是一个爱思考、思维活跃的孩子，这一点，我们很像。你性格鲜明，肯干，凡事善于表达自己的观点，没什么不好，不过我希望你也可以更平和、更包容。所以，我鼓励你去担任一些社会职务，之所以支持你做女商会会长，不是希望你去出风头，而是希望你在其中学会平衡，学会包容，学会接纳不同的人。企业的董事长好做，还是商会会长好做，去试试就能明白。相比较而言，威林性格温和，他需要的是不断刺激他去做事情。

这个社会真正做到"知己"的人很少，大部分人不知道自己要做什么、适合做什么、能做什么。所以，我常常会提醒你，再忙也要留点时间去放空自己，一个人善于思考很重要，这句话，我们共勉。

你和我一样，都是喜欢挑战的人。这也是我为什么在十年前住宅地产快速上升时，去开发温泉行业的原因。当时，住宅地产，不管是模式技术还是市场都很成熟。温泉就不是了。十几年前，温泉在中国还是新兴行业，一是本身属于稀缺资源，二是这个行业的从业者还不多，同时也不成熟，开发温泉确实是一个极大的挑战。当时重庆市政府把温泉项目交给我来做，也是因为我是一个喜欢挑战的人。

当然，仅仅喜欢挑战是不够的。二十年前，因为早期开发温泉地产的经验，我知道了温泉的养生价值与资源的稀缺性。后来，在家里泡浴缸的体验，让我明白温泉入户不是尊重和利用温泉资源的最好方式。在家泡温泉，因为管道降温程序，很多的温泉水被浪费。而且，用温泉水洗澡和泡温泉是两件完全不同的事。泡温泉应该是一种享受生活的方式，专业的服务会提升温泉泡汤体验，这个想法让我明白了温泉的市场化开发趋势。2006年，随重庆代表团考察日本温泉，日本人的泡汤习惯，和他们在泡汤时候表现的文明与教养，坚定了我要大规模专业化开发温泉的想法。

日本人口1.27亿，日本汤池每年泡汤人次总数1.2亿，相当于日本的总人口数。在欧美一些国家，温泉消费被列入政府的福利金范围。还有很多保险公司推广温泉消费，因为这是一项可以帮助人们获得健康的事。相比之下，我们还有很大的距离，这个距离就是我们的机会，温泉背后的医养、文旅、养老产业，正是我们对未来美好生活的追求。

不只是温泉，我们的地产和化工板块同样是这样，我们希望提供更优质，更能满足人们需求的房子，提供更清洁环保，支持社会可持续发展的新能源，这是我们做企业的方向。

任何进步和文明的产物一定会被承认和接受，剩下的只是时间和方法——这是我的思维方式，我用这个方法来看待各种问题，不管是有关生意的，还是有关生活的。今天，我分享给你，希望能对你的工作、你的人生有帮助。

老爸

2018年5月4日

背景链接

2018年，融汇（福建）集团董事长黄祖仕先生在两个孩子黄丹青、黄威林生日之际，分别执笔写信，既是父亲给孩子的生日祝福，也是以企业管理者、人生过来人的身份，给孩子以经营企业、经营家庭、经营人生的经验分享和鼓励。

企业家小传

黄祖仕

黄祖仕祖籍福建省福清市，著名华侨实业家。现任重庆市第五届政协常委、融汇集团董事长，重庆融汇地产（集团）有限公司董事长。中国温泉协会顾问，重庆温泉协会顾问，重庆市福建商会会长。享有"福州地产界的黄埔军校校长"之美誉。

同时，黄祖仕也是中国温泉旅游综合体领导品牌创立者，城市健康生活营造的引导者，"融汇温泉开发模式"开创者，中国第三代温泉产品的创始者和领头人，《中国温泉旅游服务质量等级划分与评定》主要起草人，《中国温泉旅游名镇标准》主要起草人。

关于融汇集团

融汇集团创立于1989年，已形成以产业地产、化工新材、贸易物流、金融并购投资、温泉旅游开发、商业物管等六大产业齐头并进的多元化集团企业。

旗下融汇地产集团是中国内地最具实力的综合地产开发商之一，立足重庆，在济南、福州建立产业新城。

旗下芜湖融汇化工是安徽省第一家民营氯碱化工企业，拥有"省级企业技术中心"，是国家"高新技术企业"，于2016年起重点发展新材料和氢能源。同时，整合金融做产业并购。

企业发展目标：以"复合型的大盘运作，高起点的城市运营，可持续的规模开发"为核心竞争力，以房地产开发为核心产业，以化工、温泉旅游为辅业，以人与自然、人与城市、人与建筑、人与人的和谐共生为企业愿景，不断探索更优质的产品、良性可持续发展的企业运营模式，为社会和个体创造美好生活。

黄丹青

黄丹青，1984年出生，毕业于英国东伦敦大学城市规划专业。2008年回国加入融汇集团，现任融

汇（福建）集团有限公司总裁，福建融汇置业有限
公司总裁，芜湖融汇化工有限公司董事长，福建
省女企业家商会会长，全国工商联女企业家商会
副会长。

黄威林

　　黄威林，1986年出生，留学于英国，学习酒店
管理。2005年加盟融汇投资控股有限公司，现任重
庆融汇地产（集团）有限公司副总裁、重庆融汇丽
笙酒店总经理、重庆融汇投资有限公司总经理等。

陆　标

黑龙江省工商联副主席
博发康安控股集团董事局主席兼党委书记

写给女儿的信

吾生挚爱的女儿：

见信如晤，展信舒颜！

从前，车马很远，书信很慢。如今的我们有了更加便捷的沟通方式，可是我还是坚信，文字比声音更稳重，也更有力量。之前，爸爸一直想给你写信，可总是欲言又止。现在你已为人妻为人母，所以我决定给你写这第一封信，我整理了一下思路，给你以下八个字希望你能铭刻在心，也许这才是爸爸给你最大的一笔人生财富。

珍惜

歌德讲过：忘掉今天的人将被明天忘掉。

人过四十而不惑，企业也是如此。你的父亲我和我的企业——博发康安控股集团，正恰逢我们经历改革开放四十年成长的历练，作为改革开放重要的参与者、见证者和受益者，如今我们已有足够的能力来审视和规划未来发展之路。回顾当年，1986年我大学毕业后，分配到机械工业部哈尔滨电站设备成套设计研究所工作，经过近十年的努力，从助理工程师到工程师，高级工程师，再到国家一类研究所最年轻的处长，担任多项国家"七五"、"八五"重大科研攻关课题负责人，并获国家科技进步二等奖，机械工业部科技进步一等奖。1995年，国家体制改革，研究所从事业单位转为企业，被推向市场，主辅分离，辅业改制，鼓励科研人员创业，我选择了逆风飞翔，来到了另外的一片天地。

女儿，我要感谢你，这个世界上没有任何一个人对爸爸的生活和职业路径，能比你有这么大的改变作用。也许你会问我：对国家的事业单位发展之路的放弃是否有一丝丝的后悔？不，没有，完全是心甘情愿。有了你，我不仅为有了一个美丽善良的女儿而倍感自豪，并且至今还庆幸因为你而做的这些改变，无意间使我找到了一条对己对人、对集体对企业、对国家对民族三个有利于的人生道路。因为你天真的眼神和你母亲对我的支持对家庭的付出，在没有人敢带领大家闯市场的时候，走向不惑之年的我带领着研究所几十名技术人员出来创业，创立了博发电站设备集团。

创业之初何其艰辛，家里存折上仅有的几万块钱全投进去，最怕的就是不能给带出来的人发出工资，没厂房就租厂房、没钱就借钱，简单粉刷了墙体就当是新厂奠基，这是背水一战，如果失败就是失业。近不惑之年的我一面跑市场，一面组织科研人员进行设计研发，搞自主创新。以厂为家是常态，因此不能像其他人家的爸爸那样陪伴你更多的时间，给我、给你和你的妈妈留下了许多弥补不了的遗憾。然而事业的小有成绩，让我们忘记了一些痛苦。凭借着多年在业内积累的经验，企业承揽到了国内几个电站的改造项目。之后经历了15年的高速发展，博发集团已经由成立之初的年产值几百万的小企业，发展成为旗下有电站设备集团、文化产业集团、国际贸易集团和金融投资集团四家集团公司，境内子公司21家，境外子公司5家，是集工程设计、工程承包、设备制造、国际贸易、商业文化、金融服务、投资于一体的以装备制造业和出口外向型为主的综合性企业。今天我们所拥有的一切，爸爸只想对你说：珍惜是亘古的话题。

坚持

栉风沐雨，薪火相传；筚路蓝缕，玉汝于成。我很欣慰，你成长为我们善良、聪明、仁厚、孝顺、善解人意的女儿。虽然幼年时期创业艰辛，但是祖辈医学世家出身的你并没有生活上的忧虑，虽然父亲的成功给你带来"富二代"的光环，可是你的银行卡里始终只有满足基本生活的零花钱，在你身上不仅没有看到一丝富家千金的娇贵与傲气，反而是比普通人更加努力的工作态度和生活方式，而你也终成了我的骄傲。女儿，当你真的出国时，我和你妈妈第一次有了与你的离别之痛，更多的则是期待。从你很小的时候，在家就听爸爸、妈妈经常说电站行业里的事情，电站设备研发、电站工程的设计等相关词。可能是从小的熏陶，也可能是遗传的因素，你一直对理工类学科非常感兴趣。2008年你以三分之差与清华大学失之交臂，进入哈尔滨工业大学，努力的你在大三时交换到英国伯明翰大学，获得双学士学位，研究生攻读康奈尔大学、清华大学，获得双硕士。从本科到硕士再到国外留学的求学路上，你一直以来学的都是一个专业：电气工程与自动化，这就是一份难能可贵的坚持。从康奈尔毕业之后，我曾与你恳谈过，美国名校毕业学的也是工科专业，在美国发展也大有可为，是想回国还是想留在美国我尊重你的意见，当然，我从不拿接班问题去烦恼你，因为我懂得管理太辛苦，做企业太难，我不希望将来我的女儿再像我一样胆颤心惊，如履薄冰。然而当你在异国已有了自己很高的地位的时候，却毅然地选择回国，你坚定地告诉我中国更有潜力，中国的机会更多，誓与制造业、能源工业结缘。回国后你第一时间进驻集团的生产基地，吃住与厂长、工人无异，一待就是好几个月。

父女间的默契流淌在相同的血脉里，一个长寿的企业需要几代人为之奋斗。如今你也已为人母，作为民营企业想要传承百年关键在于实干和坚持，你不仅传承了我身上开拓进取、坚守执着、精益求精的意志，你更具备创新思维和年轻人少有的身体力行。企业要想走得更远，更为重要的是创新和坚守。如何把企业发展模式向质量效益型和环境友好型方向转变，切实提高发展质量，将中国制造向中国创造转变，你给我了满意的答卷。大型电站灰渣流量控制阀的生产技术一直被国外两家公司垄断，是你组织科研人员进行研发，经过三年的努力，终于攻克难关。设备实现国产化后，保守预测将占有世界市场份额的50%。该项目获得国家专利6项，还获得了国家发改委的配套资金一千余万元。如今，我们的博发已经拥有三十多项国家专利技术。过硬的产品、优良的服务赢得了用户的信赖，订单纷沓而至。你凭借自己的努力和学识慢慢走出"富二代"的笼罩，成为博得社会认可的"创二代"。以一名新时代企业家的身份频频向社会亮出你的名片。正是因为这份扎根制造业的坚持，你荣获了黑龙江省最年轻的省劳动模范，并获得"哈尔滨市劳动模范"、"哈尔滨市新一代创业人"、"哈尔滨市工匠"等荣誉称号，作为90后，成为中国最年轻的"十大侨商"，并当选中国侨联委员，黑龙江省侨联副主席，同时当选为哈尔滨市人大代表。"子承父业"是很多人最理想的接班状态，而我对你的期盼，却是希望你能"坚持初心"，仅此而已。

梦想

有了坚持才有希望，有了希望离梦想就不远了。很多人说，当下的年轻人是没有梦想、没有信仰的一代。但我认为如果有正能量的梦想，就不会偏离方向。上下五千年，纵横八万里，时势造英雄，英雄亦创造历史。随着企业带来更多经济利益的同时，承载更多的则是一份梦想。我希望你做一个有理想而非理想化的，具备爱国情怀的新一代年轻企业家。中华民族的伟大复兴，需要中国梦的一代代传承。如今，中国已出现一批引领全球的卓越企业，如阿里、腾讯、华为。那么在未来世界级的企业之中，是否会有我们博发？这是我所期待的，相信也是你的梦想。女儿，梦想如何变成现实，需要你的激情与付出。

博发在工程主业取得巨大成就的同时，力争以科技创新为引领，走经济转型之路。从国际电站工程向国际贸易，向第三产业、高端服务业转型，我们从过去的"走出去"战略向"走出去、走进去、走上去、走回来"战略调整。"新常态"下就是四个字：创新求变。在做好主业的同时，我们又将眼光投向了文化产业、金融投资领域，成功实现了多元化经营的华丽转身。从商场、酒店、文化产业园到手机游戏开发，再到德国汉斯系列食品中国总代理、美国洛杉矶的全美最大的餐车企业，都为企业创造了巨大的利润空间。国际贸易方面，随着我国汽车用燃料乙醇汽油大面积推广，目前我们集团从美国进口燃料乙醇，每年为企业年实现销售收入4亿美元。

我国民营经济快速发展，民营企业如何走可持续发展之路，实现基业长青。中国有自己的国情与文化，做企业一定要顺势而为，才会事半功倍。我经历过改革开放从无到有，计划经济到市场经济的转变。你是站在世界经济的制高点上，有扎实的知识积累、开阔的视野与格局，更具备新时代的科学发展理念。如何用创新思维来拥抱互联网、找到企业新的立足点并重塑品牌形象，如何用专业优势，实现企业创新升级，兼并整合资源等等，你比我更加敢做梦，比我有更便捷的实现梦想的条件，你们是飞跃时代的人，是前无古人的一批人。女儿，轻财足以聚人，律己足以服人，量宽足以得人，身先足以率人。女儿，不管你的梦想有多大，不管你实现梦想的路有多曲折，请不要忘记你的初心。

感恩

"感恩同行"是传奇的延续，也是文化在企业落地生根的一脉相承，一个有灵魂的企业，也必然是有道德的，此时的社会责任是一种自觉。企业要想做大做强，带队伍、强班子、让员工有归属感尤为重要。员工的心就是企业的根，没有员工，公司的价值也就无法体现；企业和员工应该建立一种互相信赖、齐心协力的关系，即员工在企业工作时就应该知道自己在企业可以得到什么，从而为企业的长远发展着想，与企业共享美好未来。努力打造一个和谐企业，建设一个对社会负责的企业，与时俱进，快速发展，为当地经济发展和社会进步做出积极贡献！将来员工不管走到哪里，企业是他们的根，只要他们能成才，就是博发康安控股集团对社会最好的贡献！

博发有很好的文化基础，"卓越源于专业，满意来自诚信"、"创社会财富，还人类幸福"的企业使命一直以来是博发人的夙愿。回首过去，从传统的电站设备行业起家，到现在多元发展，改革开放四十年的砥砺前行，映出时代的步伐，我们的每一步，都和改革开放有着巨大的关系，和我们党的

家国情怀　代代相传——见证时代的浓浓家书

辑一

部署有着紧密的联系。女儿，爸爸的历史发展过程跟你有很大差异，这就叫时代的不同。我在大学期间就入了党，受党教育多年，不仅对共产党始终保持着深厚的感情，更坚信共产党员的先锋模范作用。发挥党组织的战斗堡垒作用和党员的先锋模范作用，是引领企业发展的关键因素。女儿，你虽不是党员，作为归国侨商，你以你的高新技术及研发才能为祖国贡献着力量。分管海外项目时，作为领头人的你按照"哪里有项目，哪里就有党的组织"的原则，积极开展"党组织建设进项目、进现场，创建一流工程"主题活动，特别是开创了企业党建

与国外工程实施相结合的成功方式，形成了独特的"企业名片"，为我国实施"一带一路"倡议和企业"走出去"战略做出了积极贡献。

女儿，物换星移，年华老去，永远不变的是爸爸对你的爱。父爱如山，厚实又如此深沉。从为人儿到为人父，你的到来给了我很多启迪、思考甚至是挑战。每个年代都有其特点和时代精神，90后对于新技术的把握，创新的精神，自我表达的诉求，事业的执着和投入，可能比我们做得更好。

中国改革开放40年来成果巨大，我国经济发展已进入新阶段，我相信你一定会积极、主动、创造性地参与到黑龙江和国家的经济建设中，更好地助力中国梦的实现！同时也祝愿你早日实现你的人生梦想！

此致

敬礼

爸爸：陆标

2018年6月30日

回首半生历程，两件事在心中留下闪光点：

其一，我最值得骄傲的企业在我的故乡黑龙江生基扎根，如今成功进入了国际市场，实现了自身的跨越式发展，跻身国内电站企业的第一方阵。

其二，我最值得欣慰的女儿，成长为我和妻子善良、聪明、仁厚、孝顺、善解人意的女儿。

这几年事业上的打拼离不开家庭的支持，猛然间女儿也已为人妻为人母。不由得回想起我初为人父的感悟，心里翻江倒海。

记得产房前焦急的等待，头一次体会到了牵肠挂肚的期盼、等待和恐慌，所幸，五味杂陈的思绪终已揉成幸福的"面团"，紧紧包裹着我的三口之家。

女儿的事业也已步入正轨，家里添丁进口的喜悦让我不由得感慨起来，写一封家书送给女儿，也送给自己，一份心安。

企业家小传

　　陆标，男，中共党员，1963年出生于哈尔滨市，清华大学硕士，教授级高级工程师，现任博发康安控股集团董事局主席兼党委书记，十二届全国人大代表、十二届全国工商联执委、中国光彩事业促进会理事，黑龙江省工商联副主席、黑龙江省海外联谊会副会长、黑龙江省书法家协会副主席。

　　曾荣获"全国及黑龙江省劳动模范"、"全国及黑龙江省五一劳动奖章"、"全国优秀企业家"、"优秀中国特色社会主义事业建设者"、"黑龙江省创建劳动关系和谐企业十佳优秀个人"、国家"九五"科研攻关课题荣获国家科技进步二等奖、"机械工业部科技进步一等奖"等荣誉称号和奖项。

　　陆标统领的博发康安控股集团是黑龙江省民

营企业中的领头雁，旗下有电站设备集团、文化产业集团、国际贸易集团和金融投资集团四家集团公司，境内子公司21家，境外子公司5家，是集工程设计、工程承包、设备制造、国际贸易、商业文化、金融服务、投资于一体的以装备制造业出口外向型为主的综合性企业。现有员工2000余人，拉动就业近万人，曾荣膺"中国民营企业500强"第264位、"中国民营企业制造业500强"第166位，"中国民营企业服务业100强"第53位，并荣获全国"双爱双评"先进企业，"全国优秀民营企业"，"黑龙江省劳动关系和谐企业"等荣誉称号。

史元魁

山西飞虹光电科技集团有限公司董事长

写给五叔的信

五叔好：

　　来信收悉，细心拜读，教益颇深，感谢您对侄儿的支持与鼓励。

　　信中提及修筑左——霍公路项目可否放弃或暂缓，侄儿十分理解您的关心与思虑，但修路的设计方案及各项准备工作已就位，同时已与工程队签订开工协议，即日开工兴建。关于这方面的想法还想给您再汇报交流。

　　我们家祖辈住在深山，这里有丰富的自然和矿产资源，但多少年来，大家守着金山没饭吃，从小我看到的是父辈乡亲们终年劳作又无法维持生计的艰辛，至今仍有许多老人未到过县城，没坐过火车。究其原因，都与大山的横亘阻隔与落后的交通有关。

记得十岁那年，我就学到左家沟村，十公里的路程，单程就要三个小时，沿途翻山越岭，荆棘丛生，不小心就会掉进深渊。那时候多么渴望咱们这里有一条大道，也暗暗立志将来有一定能力时可以修条宽敞的道路，让父老乡亲们出行更便捷些。

是党的改革开放政策，活跃了市场经济，促进了民营企业快速成长。我们有幸开办经营了"陆成煤业有限公司"。近几年来，随着我国基础产业的兴起，拉动了能源需求，煤炭行业经济效益不断攀升，前景良好。您说的对，成就来之不易。为了做好安全工作，保证煤炭质量和供应，几年中我不敢虚度一日，一日中从不敢虚度一时，如今，企业面貌出现了可喜的变化。

民营企业是在改革开放的春风里应运而生，企业财富的积累全靠党的政策引导。一个人有了钱，钱的价值是什么？钱用来干什么？我认为，"人民币"是人民的，应该用于人民、用于社会的公益事业，这是现代企业家应有的一份担当。

基于此，为了打开山门，为了山区人们的生活富裕，我决意筹资修筑左——霍公路。

左——霍公路东起左家沟乡左家沟村，西至左木乡霍家庄村，全长12.6公里，全线按三级公路标准设计，预计共需投入资金4000万元。目前，设计方案已经县人民政府批准，施工技术人员和队伍已准备就绪，所需资金基本筹措到位，预计施工期一年半左右，一切准备就绪，请放心。

吾辈要有所作为，善事要多做多干，待左——霍公路圆满竣工，我特邀您沿线观摩指导。

敬祝安康

侄儿：元魁

二〇〇五年三月六日

企业家小传

——大山之子史元魁

　　幼时随父打柴谋生，负行于崎岖山路，他总是兄弟几个中最能吃苦的那个。伴随着中国改革开放的进程，他一路走来，坚守着儿时的抱负：做一个对社会有用的人！

　　1959年春寒料峭时节，他降生在山西省洪洞县吕梁山麓偏远山村霍家庄。虽是个好学生但家里能供他读到初中已经很不错了。1975年，16岁的他有幸成为当地黄老洼煤矿的矿工，在矿上他既能吃苦又爱琢磨，很快被委以班队长"重任"。1979年改革开放大幕开启。这个穷孩子属于"给点阳光就灿烂"的人，一个敢吃螃蟹的人，他决不会放弃任何实现自己抱负的机会。1981年他狠抓管理搞革新节省20万元工程款，获得500元"重奖"！被提拔为坑口主任。1983年黄老洼煤矿濒临倒闭，唯他奋勇承包，两个月下来就扭亏为盈。1985年他以双倍价格承包没人敢碰的霍家庄煤矿，此后组建联营煤矿，到相邻的蒲县开办煤矿……期间煤炭市场虽跌宕起伏，但他靠管理与技术的创新，熬过冬天迎来了辉煌。2006年组建的山西陆合集团，已经成为资产超百亿元、上缴税费10亿元的地方知名企业。

时光进入21世纪，他与时俱进，大手笔创新转型。一个"老煤炭"竟玩起了LED芯片和激光芯片。2010年组建的飞虹光电科技集团成为国家高新技术企业，产品填补了省内多项空白，屡获佳绩殊荣。同时承担了总投资23亿元的广胜寺文化旅游景区开发项目，他要让这个华夏著名的历史景点再现新时代的光芒！

儿时的经历让他对贫穷与金钱有着深刻而又独特的见解。他深谙解困济贫和舍得之道，在企业发展的同时，他又在开辟另一个战场：用自己创造的价值反哺那片养育过他的贫瘠土地，反哺给了他成长机会的这个社会。他把奉献当作自己分内之责，他热衷于建学校、钻深井、修路桥、助老弱、建村舍……累计下来投入的资金已经超过5亿元！

　　初中辍学的他，在社会这个大学堂里拼命地补课，吸收新理念新知识的养分。他创办的企业里洋溢着浓浓的书香之气。谁能想到有一天他会成为山西大学的企业管理学院客座教授，在大学学术报告厅里侃侃而谈。而省政协委员、省工商联副主席、市人大代表的称谓亦是对他人生价值的认可。

　　史元魁，一个从大山深处走来，有着大山一样踏实、坚毅、执着、奉献精神的民营企业家。

王岩山

内蒙古医药商会会长、党总支书记
内蒙古新天地药业有限公司董事长

致家乡八叔的一封信

八叔您好：

  前两年去你家同时又到了几位叔叔家看看，最近又收到你们的来信，听说你家一直还很困难，你们那里经济非常落后，特别是你家每人平均收入不到800元，生活极度困难。前年春节回去看到你生活一贫如洗，回来后心情一直不好，改革开放30多年来全国各地发生翻天覆地变化，特别是农村"三农"经济一浪高过一浪，为什么我们黑龙江甘南六合自来井这么困难呢？应当静下来找找是什么原因造成的，比如你家八口人，有四个主要青年劳动力，还有两个半劳力，两个孩子上学，有45亩地，这样的一个家庭组合按理说应当过得可以，但是你

们还是没有过好，我们从头回忆一下找出原因就好
了，首先我帮你们找找问题都出在哪里了：

一、你们没有把握好改革开放以来党和政府有
关农村政策，比如说免除农业税、"三农"经济转
型、按亩补贴、养牛补贴、新农村建设等政策，这
些都是我们农民的好政策。

二、家里没有调动起来，治理家庭过日子方
法不对头，比如说现在农民种地很省事省力，那就
应当让家里两个半劳力（八叔、八婶儿）负责种
地（45亩），两个弟弟到外地打工就业，这样，每
年可收入6万元，两个弟妹在家搞养殖、带学生，
每年可收2-3万元，这样每年全家就可以收入10万
元，生活会得到改善。

三、没有达到与时俱进，还用老一套方法过现
代的日子。走不出去，思想落后，依靠政府救济、
依靠外来因素生活是不行的。比如说，上边要给什
么，你们非常积极，上边叫干什么，你们就不愿意
干了。在家怎么都行，到外地就业不愿意，这样就
不是适应现代农村生活，这就是造成你家生活困难
的主要因素。

要想生活好就要改变方式、把握政策、主动出

击、勤劳敬业，这才是我们致富的必由之路。

我现在很好，我从小时候到现在搬过三次家，经历过人生三个阶段，一是学生时代在老家依安县度过的，因小时候父亲被打为右派分子，下放到农村，所以农活儿什么的我都会干，我也熟悉劳动，76年上了大学。二是22岁到38岁在工作岗位上，当过大庆油建指导员、当过老师、当过酿造师、当过法官。三是98年"下海"来到内蒙古呼和浩特市经商，成立公司经营药品以及种植药材，为了推动内蒙古蒙中医药的发展，2008年在自治区有关部门的支持下，组建了医药商会。

我家现在生活很好，母亲90岁，身体非常好，

爱人儿子女儿共四口人，女儿今年28岁，在北京上
班。昨天给你寄去生活用品六包，转给你们俩二千
元钱生活小用，再见！

　　顺致敬意

　　　　　　　　　王岩山案

　　　　　　　　　2013年5月8日

家书
背景链接

感觉一瞬间30年过去，改革开放以来我从家乡走出去，从学校到工作岗位，又从工作岗位走到社会参加我国非公有制经济发展，从此走上我人生最喜爱的道路，这一干，从

一个青年到现在已是一位中老年将要离退休的人了，思想起来很是心酸。

30年回首，沧海大地，总有干不完的事，这些年经历了苦辣酸甜，赤橙黄绿青蓝紫，目标紧跟，成绩展现。

近期连续收到同学的来信，30年相聚鹤城，才想起回老家看看，看到家乡的变化心中非常欣慰，看到家族中还有一部分亲戚没有脱贫，没有与时俱进，对党和政府的政策的理解不深刻，心里自愧，这些年只顾自己，没有关心家乡，特专程回家看看，事过两年书信回问。

企业家小传

　　王岩山，男，汉族，本科学历，黑龙江省齐齐哈尔市人，1965年因父亲被打成右派随父亲回老家依安县就学，小初高中都是在这里度过的。1975年9月加入中国共产党，1977年在黑龙江大学读政法系，上初高中期间历任团支部书记、学校团委副书记、大学期间历任团总支书记、团委组织委员、校党委委员。

　　1980年10月参加工作，先后在大庆油建3大队13中队任指导员，后调回齐齐哈尔市工作，1998年下海经商来到内蒙古呼和浩特市，后组建内蒙古新天地药业有限公司，担任董事长，公司注册资金2000万元，每年平均产值1亿元，纳税400万元左右，公司占地面积3万平方米，建筑面积6560平方米，成为当地同行业龙头企业。

　　2008年9月在内蒙古自治区党委政府的支持下，

创建内蒙古医药商会，十多年来商会已发展12000
多名会员、10个分会、10个专委会、10个服务平
台，秘书处下设7个部门，本人连续3届担任会长、
党支部书记，是全国工商联十二大代表、医药业商
会副会长、全国医院管理协会副会长、内蒙古工商
联常委、光彩促进会常委，多次被评为"优秀共产
党员"、"优秀企业家"、"先进工作者"、"劳
动模范"，商会曾荣获"四A级社会组织"、"五
好商会"、"四好商会"、"创新中国特别奖"、
"基层先进党组织"等荣誉称号和奖项。

叶 青

全国政协常委
全国工商联副主席
北京叶氏企业集团有限公司董事长

写给儿子的信

儿子：

　　得知你在大学选修的中国共产党历史课考试中取得了好成绩，我感到很高兴，对你表示祝贺。这一方面说明你对待学业刻苦认真，一分耕耘一分收获，取得好成绩的背后必定离不开你在学习中付出的努力；另一方面说明你对党和国家充满了认同感、归属感，通过学习党的历史和国家历史，树立正确的人生观、价值观、事业观，这是非常正确的，你必定学有所获。

　　有一些早就想跟你交流分享的话题，我想在你系统深入地学习过党的历史以后，更能有所体会。

家国情怀　代代相传——见证时代的浓浓家书　辑一

人格与国格

西方国家常常谈人权和人格，但是你是否想过，谈人权、人格之前，必须要先讲"国格"。离开国格，抽象孤立地谈论人权、人格是毫无意义的。没有国格就没有人格。每个人都生活在特定的土地上，有自己的国家和民族，每个人的现实生活和未来发展都与国家的兴衰、与民族的命运紧密相连，没有国格，就不会有受人尊敬的人格。这点近代的中国历史可以证明。

我们在与外国人交往时也会感到，双方首先关注的不是对方的职业、身份以及其他方面，而是对方的国籍，是"你来自哪个国家"。国籍是国民的第一身份。国格代表了国人的共同人格。在对外交往中，双方习惯于依据共同的人格进行个体的判断，用国家的信誉度考量国人的道德。所以，国家好，个人才会好。爱国，使国家变得更加富强，爱国始终是每个国人的第一选择。

爱党与爱国

我想你在美国求学，一定也经常遭遇这样的质问。目前，我国已经从宪法层面确定中国共产党的领导地位和领导权威，在宪法中明确"中国共产党领导是中国特色社会主义最本质的特征"。因此，我们可以毫不犹豫地说，爱国就是爱党，爱党就是爱国。

我常跟人说，我们都是这个体制的受益者，这个体制就是中国共产党领导下的中国特色社会主义制度。因此，我们有责任和义务维护好现行体制，拥护中国共产党的领导，为经济社会发展和人民安居乐业营造稳定的政治环境。

中国共产党执政60多年来，始终走在时代前列，紧紧依靠人民完成和推进了两件大事。一是完成社会主义革命，确立了社会主义基本制度，在建设社会主义的过程中建立起独立的比较完整的工业体系和国民经济体系，取得了独创性理论成果和巨大成就。二是进行改革开放新的伟大革命，开创、坚持、发展了中国特色社会主义。坚持"一个中心、两个基本点"的基本路线，排除一切干扰，闯过一道道关口，经受住一次次考验，披荆斩棘走出一条新路，逐步形成中国特色社会主义事业"五位一体"的总体布局，进入全面建成小康社会的决定性阶段，取得举世瞩目的发展成就。这两件大事前后贯通，使我国发生沧桑巨变，面貌焕然一新。

在发展中只有成绩、不出问题，世界上任何国家和政党都做不到。用短短几十年时间走完西方国家一两百年走过的发展历程，将积贫积弱的旧中国建设成繁荣富强的新中国，其担子之重、难度之大超乎想象，而中国共产党做到了。这是一份出色的执政成绩单，印证了中国共产党的执政能力。我们每一个中国人都应该真心为中国共产党点赞。

企业发展与个人成长

我对党始终怀有朴素而深厚的感情。党既给我奠定了坚定正确的世界观、人生观、价值观的基础，更给了我先富起来的好政策和好机遇。当个人的财富和企业的实力积累到一定程度的时候，外部的诱惑与考验也时刻包围和冲击着我，但我始终选择通过追随党，来为我指明方向，给我支撑和力量。于是，我较早地支持在企业里建立和发展了党组织，并对非公企业党建工作进行了探索。这样的探索，既使我自己不再迷惘和彷徨，也使我的企业收获了良好的经济和社会效益。

多年来，我一直坚持企业家要善于把经济问题同时当作政治问题去看，在办企业中坚持讲政治、守纪律、肯担当、有作为，自觉承担起中国特色社会主义实践者、维护者和捍卫者的政治责任；承担起促进经济健康发展、共同抵御各种风险甚至危机的经济责任；承担起践行社会主义核心价值观、构建先进企业文化的文化责任；承担起参与公益慈善、促进和谐稳定的社会责任。这也是我自身努力成长的方向。

儿子，以上寥寥几语，内容不多，但是很深刻，很重要，希望你能常思常明。

父亲

2018年春

背景链接

2018年4月，叶青远在美国俄亥俄州立大学求学的儿子发来一条信息，信息中说道："中国共产党历史课考试成绩收到了。我这堂课写的一篇文章《关于毛主席的领导力与中国共产党成功的原因》，得到了学校的最高成绩，比别的专门学这个专业的同学得到的成绩都高。"

叶青收此喜讯，甚感欣慰，随即给儿子写了一封回信。

企业家小传

叶青，现任全国政协常委、全国工商联副主席、北京叶氏企业集团有限公司董事长。

叶青具有较高的思想政治素质，积极拥护中国共产党的领导，引领创新了企业和社会领域党建统战工作，推动了北京市第一家商务楼宇党组织——叶青大厦党委的成立，探索形成了商务楼宇党建统战工作模式。

叶青大厦党委先后荣获中共中央颁发的"全国先进基层党组织"称号和中央统战部颁发的"全国统战工作实践创新成果奖"。

同时，叶青还肩负起统一战线工作者的责任，积极宣传党的理论方针政策，充分发挥号召力和影响力，在工作中和生活中团结带领更多的新的社会阶层人士听党话、跟党走。叶青本人曾荣获"全国优秀中国特色社会主义建设者"、全国统战系统"为全面建设小康社会做贡献先进个人"、全国五一劳动奖章、民建中央"全国优秀会员"、北京市民主党派"年度优秀人物"、北京市人民建议征集工作"先进个人"等荣誉称号。

作为一名企业家，叶青积极响应国家号召，带领企业主动转变发展方式，形成了以生产性服务业、金融性服务业、文化性服务业为核心的多元化经营发展模式。

叶氏集团曾荣获"全国文明单位"、"全国五一劳动"奖状、"参与首都社会主义新农村建设先进民营企业"等荣誉称号。

叶氏集团员工在楼宇党员活动中心学习党的十九大精神

郑国祥

宁夏正丰建设集团董事长

致晚辈的一封信

孩子们：

你们好。

好长时间以来，我一直想和大家说一些话，只是一直没有机会。每次和大家聚会见面，我很高兴看到除了每一个人每一个小家庭取得的成就与收获以外，也看到我们这个大家庭为公司的发展做出的努力。

在这封信里作为长辈，谈一下关于年轻人成长进步的问题，与你们分享人生的两笔"财富"，也希望大家一起来用心思考，以行动来践行自己的人生。

第一笔"财富"——脚踏实地。自古创业不

易，守成更难。你们要有一个很清晰的理念，就是永远都要走在创业成长的路上。我认为作为企业接班人的你们，应该不愿躺在富贵之中享安逸，更渴望站在父辈肩上创新绩。富贵易生骄奢，安逸常致娇气，处于这样的环境里，我更希望你们脚踏实地一步一个脚印，忍受寂寞，抵御诱惑，创造出属于你们的成绩。

作为青年一代，只有努力学习，砥砺潜心，奋发有为，有高远的追求和很强的定力，以及克服困难的毅力，才可以成为做事的一个基本条件。当然，成长道路上更不能浮躁，所谓浮躁就是恨不得把长跑变成短跑，恨不得立刻就能取得什么成就。成功大都是长期奋斗、厚积薄发的结果，我希望你们要脚踏实地地书写人生，成为一名有理想、有本领、有担当、有作为的青年，为自己的前途、企业的发展、社会的进步贡献力量。

第二笔"财富"——知识积累。俗话说，学习是人类进步的阶梯。随着公司的发展，这几年我越来越感受到知识的重要，社会的发展非常快，而我自己的知识本来就不多，现在又落后老化了。一个知识贫乏者，怎么能适应知识经济时代的要求？我

家国情怀　代代相传——见证时代的浓浓家书

辑一

一生中最遗憾的事情就是念书太少了。公司从2010年起开始着力打造"学习型"企业，你们更要把学习当成一种生活态度，一种工作责任，一种精神追求。在企业发展的实践中，希望你们要向书本学习、向实践学习、向他人学习，更要用心学习，特别是作为企业管理人员要学习掌握先进的企业管理知识，在学习中拓宽视野，提升能力，增强本领，取人之长，补己之短，充分发挥正能量的主导作用，用知识武装自己，积累隐形财富。

企业长青、家族永续是我的最大心愿。孩子们！社会发展了，你们都长大了，都已为人父、为人母，都有了自己的生活，而且都很懂事、孝顺，小日子也都过得不错，这是令你们的父母，前辈非常欣慰的。但是人生有潮起潮落，日子也会有风风波波，这都需要你们面对和解决，这都需要你们不断地提升自己：思想要深、思路要宽、思维要慎，这样在工作和生活中遇到问题时，就会做到办法多，方式活，效果好。

我常说，人生有三悟：感悟、觉悟和醒悟，写下此文，一是提醒，二是告诫。

请你们想一想，以后的日子里，除了自己已经习惯的工作、生活以外，是不是更应该坚持脚踏实地、多增加知识积累，为成功打好坚实的基础？希望你们在以后的成长进步的道路上能够收获上面所讲的两笔财富，让自己的人生更加精彩灿烂，更加美好幸福。

郑国祥

2017年12月16日

这封家书是郑国祥董事长在2017年底写给宁夏正丰集团中他的亲属中晚辈的一封信。那时正值企业发展20周年之际，郑董事长通过家书这种形式，关心和教育晚辈，给晚辈智慧和鼓舞，同时体现了他作为企业家对晚辈的希冀之情。

本书信从两个方面表达了企业创立者郑董事长对人生的深刻感悟，对晚辈的殷切期望，以及期待晚辈再创新佳绩、实现百年正丰、百亿正丰的企业梦。

郑国祥，1952年6月生，高中文化，高级工程师，建筑一级建造师。自1972年以来，先后在同心、银川创业，曾在中宁县第二建筑公司、中宁县宁安建筑公司和银川市三建公司担任工段长和项目经理；1998年与郑国瑞、郑国福兄弟等五人发起创立宁夏正丰房地产开发有限公司和宁夏正丰建筑工程有限公司，2002年组建宁夏正丰建设集团，担任宁夏正丰建设集团董事长、宁夏正丰房地产开发有限公司董事长兼总经理。

主要社会职务：银川市第十二届、第十三届、第十四届人大代表，银川市兴庆区第一届人大代表；自治区第八届政协委员，自治区第九届政协常委、社会法制委员会兼职副主任，第十届政协常委、人力资源环境委员会兼职副主任；自治区工商联第七届、第八届副主席，自治区民间商会第九届副会长；第十届全国工商联执委，第二、三届全国光彩事业促进会理事，自治区民营企业家协会副会长，自治区房地产协会副会长，宁夏光彩事业促进会第二、三届副会长，宁夏经济学会副会长，宁夏中外企业发展合作促进会副理事长，第二、三、四届宁夏慈善总会副会长，宁夏品牌研究会副会长，银川市房地产业会协第一、二、三届副会长，第四届会长。个人曾获："全国重信守诺典型人物奖"、"全国公益之星"、"全国光彩事业突出贡献奖"、"中国诚信经营杰出贡献企业家"、"自治区、银川市劳动模范"、"全国优秀特色社会主义建设者"、"宁夏优秀中国特色社会主义事业建设者"、"宁夏第二届十大经济人物"、"宁夏首届十大慈善人物"、"宁夏十大民营企业家"、"宁夏房地产价值人物功勋奖"、"宁夏品牌领军人物"等多项荣誉称号。

从一名普通的建筑工人，到组长、工段长、经理，再到掌控一家建设集团的董事长，郑国祥一步一个脚印，一次次成功，稳健地引领正丰建设集团走向辉煌。郑国祥，一个谦和、真诚、自信的人。

公司成立20年来，在郑国祥董事长的领导下，现已发展成由房地产开发、建筑工程施工、市政工程建设、物业服务、工商贸经营、葡萄种植及葡萄酒酿造和销售为一体的综合性民营企业。

历年来开发商住面积290多万平方米，承建建筑工程300多万平方米，建设城市道路和公路工程240多公里，累计纳税8亿多元，向社会慈善公益事业和光彩事业累计捐资3500多万元。

赵士权

山西乐村淘网络科技有限公司董事长

致一可的信

亲爱的一可宝贝：

今天是爸爸第一次给你以写信的方式与你交流，很内疚，爸爸本应该明天参加你的家长会，但是爸爸现在北京，也是刚刚回到酒店。

今天爸爸在北京参加了一个学习班，今天是学习的第一天，学习内容很特别，是体验式学习，到野外徒步20公里，早上6点就起床了，7：30出发，今天是北京这么多年来雾霾最大的一天，10米之外看不见人。路也特别的难走，路上有雪，有冰，特别的滑，天气特别的冷，每走一步都很艰难！

在徒步中，我们还做了一个游戏，就是把自己眼睛全蒙上，在另一个没有蒙眼睛的同学参领下，爬雪地，翻墙，穿洞，走独木桥等，一天下来又冷、又饿、又累，但是我们圆满完成了任务！收获颇大！

现在爸爸和你分享一下收获：

1．在学习中、生活中和工作中，不管我们遇到多大的困难和挫折，我们都要敢于面对，不屈服，想尽一切办法，全力以赴去征服它！

2．想做好一件大事，必须拥有远大的理想，强大的信念和坚韧不拔的意志！

3．个人英雄主义很重要，但团队力量更强大，相信自己，相信团队，成为领袖，带领团队创造奇迹！

4．学习很重要。社会变化太快了，不学习要被时代抛弃，因此，要适应时代，甚至引领时代，全靠我们自己的学习力！只有学习才能改变命运，只有学习才能创造财富，只有学习才能发展！所以我们必须要持续不断学习！活到老，学到老！

爸爸的收获，相信你一定懂的，同时爸爸也希望你能用心感悟，将此用于你的学习和生活中。

一可，你是爸爸的骄傲！你在爸爸妈妈心目中一直就是一个小英雄！你单纯、真诚、善良、懂事、上进、吃苦、负责任、有爱心、乐于助人，你有远大理想：要成为世界的首富，帮助更多的贫困的人过上好日子。

一可，爸爸相信你，支持你!为你的理想努力学习吧！拼搏吧！奔跑吧！世界将为你让路！

一切皆有可能！

我爱你！宝贝！

爸爸

2015年12月1日晚上11点

此信是赵士权写给儿子赵一可的一封信。因为父母工作太忙的缘故，刚读初中的儿子赵一可主动提出要求住校，一是能够减少父母日常生活的负担，使父母能够专心事业；二是能够专心读书、避免外界的干扰。

2015年12月初，赵一可所在的初中举行期中考试总结会，表彰优秀学子，邀请学生家长参加。儿子赵一可在期中考试中取得了非常优秀的成绩，特地打电话给父亲赵士权，希望爸爸能够参加家长会。然而，父亲赵士权身在北京，没办法赶回家参加家长会。

满心愧疚的父亲，特地给儿子写了这封信。信中，父亲赵士权给儿子提出了人生建议，希望赵一可继承自己的拼搏精神，将来能够成就一番事业。

赵士权，男，1976年出生于山西应县，1999年毕业于山西工商学院，现就读于清华大学经济管理学院，任山西乐村淘网络科技有限公司董事长。

赵士权出身草根，没有傲人的家庭背景，没有光鲜的学历文凭。1999年，刚毕业的他揣着几百元钱南下深圳，因为一口晋北土话，找工作四处碰壁，当一家公司最终决定聘用他时，赵士权身上只剩下20元钱。然而凭借异常的吃苦精神和肯下功夫的拼劲，两个月后赵士权被直接升为大区经理。两年后，他就坐到了全国市场总监的位置。2002年，他选择回山西创业，仅12年就做成了山西数码行业的龙头企业。

2013年，不安现状的赵士权开始接触互联网，阿里和京东的成功触发了他第二次创业的激情。恰巧他回乡探亲时发现，村里小卖部销售的多是山寨或过期食品，想到很多亲人可能就是这些食品的受害者，赵士权决定做农村电商，通过互联网技术改变农村的消费现状。

赵士权理光头始于2014年，创办乐村淘也始于2014年。为了缓解创业压力，更为了警示自己从头开始，他许下宏愿："只要农村电商事业一日未成功，就一日不蓄发。"

乐村淘，将现有的村镇小卖铺升级成为乐村淘线下体验店，通过体验店帮助农民实现网上购物和网上销售农产品。2014年10月26日，乐村淘第一家农村体验店在朝阳村成立，乐村淘农村电商平台开始踏上飞奔之路。

未来，乐村淘将真正给农村赋能，乐村淘专注于为农村提供供应链、信息、最后一公里物流、金融、保险、医疗、便民缴费、劳务输出等服务，打造农村综合智慧服务系统。

赵章光

章光 101 控股集团董事长

写给孩子们的信

我的孩子们：

我近日在老家乐清待的时间较久，常与你们的母亲闲谈，回忆你们小时的情景，心中感慨颇多。我年轻时走南闯北，故乡总在身后和远方，陪伴你们的时光很少，是你们的母亲独自拉扯你们长大，很是不易。现在你们都已为人父母，在公司发展管理中各有建树，老父心中很是欣慰，但仍有几点想要嘱托，望你们常记。

我幼时家徒四壁，早早就辍学了，很羡慕可以读书的孩子，直到现在，读书少都是很深的遗憾。在研究101生发酊的六年时间里，你们时常看到我皱眉翻书，或者沉默地写着笔记，其实内心十分焦虑，那时越是研究深入越是感到自己知识的匮乏。终于产品研制成功了，又因为当初没有执业医师的执照，受到多方质疑和排挤，咱们家的门诊部因此被关停两次，导致最后我不得不离开你们，辗转郑州，在当地政府的支持下创办脱发医院。1987年5月3日《人民日报》报道的《治疗脱发有妙方》一文中写道：上海、北京等地的17位皮肤科及药学专家、教授认为，该产品的疗效远优于目前已知的国内外同类产品。这种毛发再生精，是治秃名医赵章光采用多种名贵中药精制而成。经对1033例患者的临床验证，有效率达97.5%，治愈率达84.8%。这一药品的问世给患者带来了福音。文章肯定了我研制的产品。

北京创业，其中之艰辛无法同他人语。但即使在那样艰苦的条件下，我仍坚持让你们读书。胜霞成为象阳镇高考状元，考上温州医学院，我是多么骄傲；胜慧前往日本留学，正好偏秀玲大夫也去开设101门诊部，她俩一起前往；之后旭良考取浙江中医学院；旭景和胜利一起考上北京经贸大学。我庆幸这样的坚持，读书不仅让你们成为101最初一批人才，最重要的是它使你们的内心更丰富和更博大。我希望，在你们未来的人生中，始终保持对知识的敬畏和探索，你们所遇到的一切迷茫和困惑，都可以在寻求知识的过程中获得答案。我也希望，你们在接下来的公司管理中，更多地致力于人才的培养，当然对有学识的人，要给予更多的尊敬。

101发展至今，已经走过40多个年头，我们一家人经历过最艰难的时光，那时候你们的母亲甚至要卖掉自己的嫁妆来维持日常生计；也有过最辉煌的历史，101生发酊走出国门，获得十一项国际大奖，邓小平同志委托王光英副委员长和时任卫生部

部长陈敏章把101生发酊作为国礼赠送给日本前首相。从1987年北京宣武门大街169号101第一家门诊部开业的时候，求诊的患者排了几百米队伍，直至现在发展成三个分公司、两千多家专卖店、上万名员工，同时美国FDA批准的101B防脱剂和101毛囊滋养液将要生产，出口美国。

回首过去，我确实是骄傲的，但是更多的是警醒。我希望你们始终保持谦逊的态度，越是身处高位越要宽厚待人，企业做得越大越要心系回馈社会，"悬壶济世，产业报国"是老父研究生发酊的初心，也是我将它作为企业宗旨的原因。

你们要踏实。硬要论成功之道的话，我给予你们的大概也就"踏实"二字，生发酊的研制成功，是一次又一次失败经验累积起来的，101神奇魔水的口碑，是治愈了一位又一位患者树立起来的。你们的父亲根子里是个乡村医生，不懂投机取巧，只会踏踏实实做事，在我生命中遇到很多贵人，我想都是我"老实"所结的善缘。

诚然时代在变迁，做事的方式也要与时俱进，但有的东西是不应该抛弃的。你们是我的儿女，必定要超越我，但我也想给予你们值得永远守护的东

西。如今，你们的老父并不是古板不知进步，我近日也在学习，了解一些网络知识，还学会几句简单的英语和法语对话，觉得很有趣。

我年轻时忙碌，陪伴你们的时间不多，一家子的重担都压在你们母亲身上，胜霞胜慧懂事，很小就帮助母亲照顾弟妹，旭良旭景也不调皮捣蛋，是省心的孩子，胜利乖巧，姐姐哥哥都知道爱护你。最近我还时常想起你们的母亲坐在堂前绣花，胜霞也能帮忙绣一点，你们在边上跑来跑去的情景，那时候日子苦，现在回忆起来却很甜。

胜霞、胜慧、旭良、胜利、旭景，我和你们的母亲已经年长，公司的未来将交由你们去实现，你们都是有主见的孩子，我知道你们有很多雄心壮志想要实现，我没有更多的嘱托，但有一句最朴实的话要送给你们：团结力量大。只要你们五兄妹凝聚成拳头，就没有什么困难可以阻挡你们。

最后我想表达作为父亲的小小心愿，常回家看看，一家人有时间坐下来吃顿饭，不谈工作，就唠唠家常便好。

赵章光

家国情怀　代代相传——见证时代的浓浓家书

辑一

一书一情怀
民营企业家家书

赵章光先生出生于浙江乐清市一个农民家庭，家乡是游子心中最温暖的一隅，每年赵先生总要回乡小住。

今夏，赵章光先生与夫人居于乐清老宅，夫妇二人闲聊之际，常感叹改革开放以来家乡变化之巨，回忆四十多年来创业路上之种种，感慨万千。

赵章光四十年来傲立潮头，他所坚持的实干精神，曾被有些人视为"无用"的"老实"，但四十多年来，赵章光用"老实做事、老实为人"，书写了一段可歌可泣的"诚实故事"。这种人生哲学，最终成就了赵章光和章光101，也是他所认为留给后人最重要的财富。

赵章光先生是章光101品牌的创始人，1967年，有感于一患者因秃发而萌发轻生

念头，他开始潜心研究生发药，经百余次试验，终告成功，最后定名为"101"。目前，101产品行销全球六十多个国家和地区，公司拥有一万多名员工，2500多家专业生发连锁咨询服务机构，为世界上千万脱发者解除了脱发的烦恼，带来了美丽。他被誉为中国生发健康产业界传奇人物，成功开辟了中国毛发行业的新纪元，其开拓市场的成功经验更是解析中国第一批民营企业成长的经典范例。

自1987年起，章光101先后荣获十一项国际金奖，赵章光先生成为获得"奥斯卡发明奖"的东方

家国情怀　代代相传——见证时代的浓浓家书　辑一

第一人，这也让章光101这一民族品牌风靡世界、家喻户晓，更让101成为中国改革开放时代的一个符号，赵章光本人还曾受到联合国秘书长潘基文的接见。

赵章光先生现任全国工商联执行委员、全国工商联美容化妆品业商会毛发专业委员会主任、章光101控股集团董事长、101毛发研究院院长。他曾先后当选全国人大代表、全国政协北京市委员，被评为全国劳动模范，多次受到党和国家领导人的接见。基于赵章光先生在科学技术领域的杰出成就和创新精神，自1992年10月开始享受政府特殊津贴。赵章光先生还先后荣膺"中国改革十大新闻人物"、第六届"北京质量管理优秀企业家"、第三届"中国优秀民营企业家"等荣誉称号，荣获首届"发明创业奖"、"中国美容化妆品业十年功勋奖"等殊荣。作为中国改革开放以来第一批走出国门的优秀企业家代表，赵章光还多次应邀赴清华、北大等知名学府讲学，并担任北京师范大学客座教授。

张　涛

辽宁天士力参茸股份有限公司副董事长

写给妻子的信

爱妻：

你好！

记得那是1989的冬天，就是我十四岁的时候，对于现在的孩子来讲应该是在父母呵护的象牙塔中吃棒棒糖的年纪，而那时我的家里特别困难连最基本的生活都满足不了，而我人生中的第一桶金就是从那一年开始的。

那一年的冬天天气格外寒冷，也正是因为冬日的严寒才给我带来了商机。大家应该都吃过糖葫芦，也知道天气越冷吃糖葫芦越有味道，越发香脆可口。机缘巧合下，我从一位老人那里偷学了蘸糖葫芦的手艺，在这年的冬天，"张家"糖葫芦在各个村子里着实火了一把。

那时候我每天凌晨3、4点钟早早起床，在十分简陋的破土房里用赊来的山楂、白糖和简陋的工具制作出一串串晶莹剔透、酸酸甜甜的糖葫芦。然后再分发给跟我年纪相仿的孩子们手里，用苞米杆做成靶子，再按照不同大小的村子，来定分发糖葫芦的数量。到了傍晚，小伙伴们从各村回来，将卖糖葫芦的钱交给我，最后我再根据不同因素给每个小孩子分发劳动果实。那时的糖葫芦大概也就是2、3毛钱一串吧，刨去成本每天大概可以挣20元左右，这在当时可是非常可观的收入。当时我的家境十分困难，家里主要收入仅有每年1200元父母看林地挣的微薄收入和民政局每月35元的特困户补助来支撑这个家，上有老下有小，算上我在内就有5个孩子，就算在当时的农村，这也是非常困难的一家了。

俗话说得好：穷人家的孩子理事早。我作为家中唯一的男孩子，早早地就肩负起挣钱养家的重担。同龄人都在嬉戏玩耍的时候，我便时常陪同父母上山看林。那时候我一边挣钱，一边上学，努力学习，进修专业的知识。

　　到1995年，通过我的不断努力，家境不但早已摆脱贫困，也成为名副其实的万元户。在这几年的时间里，我用14岁卖糖葫芦攒下的钱做本钱，四处奔走收购山参，将从山里收购来的山参，按大小分类，大一些的人参转手卖给"参贩子"，从中挣差价；小一点的人参移植到林子里继续培育生长。后来渐渐地发觉人参从"参贩子"手中过后的利润空间不大，每年只能赚到7~8万元。我不再满足于现状，将目光放在更长远的南方市场，经过多次实地考察，最后将从山里收购的山参直接销到南方药材公司的手中，每年收入增加到20万元左右。

　　1997年，那时我二十二岁，那一年对于我来讲是意义非凡的一年，香港回归举国同庆，而我重返家乡创业并娶得贤妻。从小在山里长大的我熟知家乡地貌植被独特的自然气候和土壤条件，觉得乡亲们这几年"捧着金碗要饭吃"，有的村民靠政府救济粮过日子大多还没脱贫。不能及时将自然条件利用起来致富是多么可惜，看着心疼。我想做大事业，苦于没有致富项目。而当时有些农户目光短浅，只顾眼前利益纷纷砍伐森林改种园参。由于园参种植不但毁林，而且经济附加值不高，眼看村民在毁坏自己家园的同时还没有走上致富之路，我真是又气又急。在多次与专家沟通后，我开始带动村民发展林下参种植，从选地、选种、育种、培育技术等多项管理着手，提高林下参的产量与质量。最初村民普遍不愿意种林下参，主要因为投入期太久，见利慢，但是经过长久的努力后，大部分农户开始种植林下参。

对于我的人生，除了与参为伴最为重要的要属吾妻，而十九年前我们牵手决定一起走，一路走来，有风、有雨、有苦、有甜、有泪水、有欢笑，但不变的是我的手还牵着你的手。

1997年农历十月十二日，是我一生中最难以忘记的日子，那是属于我们的纪念日，是把你和我变成我们的大日子。那时的婚礼很简陋，没有香车宝马，没有场面排场，而我们却在亲朋好友的见证下走到一起。那天的你笑得很美，那天的我笑得合不拢嘴，心中铭记从此以后牵着你走，一生一世不放手。

生命中有许多美好，每个人的幸福点不同，从那天起我的幸福只因为有你，而你也是我往后的时光不断努力不断奋斗不断前进的动力。是你给了我坚定的信念和不畏将来的胆量，因为我知道，无论何时你都会在我身旁。

2005年我们正式成立了桓仁巨户沟森涛山参基地，并研发出"森涛"品牌的"山参系列""鹿茸系列"、"蛤蟆油系列"、"高丽参系列"、"虫草燕窝系列"、"土特产系列"六个系列产品，满足不同层次消费者的需求。

正是这一步一步走来，在实践与经验的不断累积中奠定了我日后对于人参行业的热爱与追求。"不断追求，敢于创新，发展参茸事业，促进人类健康"的口号日益在我心中扎根。心动不如行动，

要做就做行业领头羊，就这样森涛参茸的构思在我心里成型了。

2012年12月13日我成立了辽宁森涛参茸股份有限公司，那时的我们不再因生活而困窘，感谢我的你一直以来的不离不弃，陪伴在我左右，让我更加有动力前进。

幸福的时光如丝绸般划过，不知不觉我们已经携手走过了十九年。我不知道我们的人生会有几个十九年，但是我清楚地知道，我们一起走过的这十九年不短，在这些个日子里，我们相亲相爱，互相扶持；我们孝敬父母，抚养孩子；我们心灵相通，苦乐与共；我们共同努力地用心来经营我们的温暖家园。一路走来，我们有过困难和曲折的时候，因为我们的心相连，我们的梦同在，我们做到了无论怎样困苦、无论怎样失意都一起承担、一起面对、一起努力、一起度过。

此时我们一家四口怀着无比激动的心情准备一起迎接即将到来的宝宝，你和三个孩子是我一生最宝贵的财富。

我在一天的忙碌之后回到家中享受儿子女儿给我带来的温暖，每一个成功男人的背后都有一个默默支持他的女人，感谢你多年的付出，感谢你让我们的宝贝都这样孝顺，懂事，希望他们长大以后能和你一样优秀。

爱不需要任何形式，陪伴是最长情的告白，正因为这样我们才深刻体会到平凡生活中的每一个不平凡。

相爱简单又不简单，未来还有很多年，有我们的29年、39年、49年、59年，乃至99年，我们会一直这样走下去……

若干年后，在我们人老之时，在我们垂暮之年，我们依旧会手牵手，互相搀扶，我能想到最浪漫的事，就是和你一起慢慢变老。

爱妻操持家庭，辛苦了，我期盼着和你们的永相聚。

祝你和孩子

开心快乐，身体健康！

你的丈夫：张涛

2018年7月26日

　　张涛，自21岁起开始创业，27岁成立了一家独资企业，即"桓仁巨户沟森涛山参基地"，后成立辽宁森涛参茸股份有限公司，现公司已成为集产、供、销于一体的全面发展的企业，通过了ISO9001-2000国际质量管理体系认证，产品通过了有机食品认证。公司产品在2006年被评为本溪市名牌产品，在2007年被评为辽宁省名牌产品，2008年被评为"科技示范企业"，企业被评为辽宁省"发展绿色产业示范企业"；2009年"森涛"牌系列产品被评为中国著名品牌。

　　2010年1月企业被辽宁省世界经济学会评为"辽宁省百强优秀企业"，2010年2月被辽宁省企业文化联合会评为"辽宁省十佳信誉土特产专营店"、"全国重质量守信誉AAA级信誉企业"，2010年8月被中国国际专利技术产品交易会组委会评为"中国国际专利技术产品交易会金奖"，2010年12月被本溪市林业局评为"林业产业重点项目示范基地"，2011年1月被辽宁省林业产业协会评为"辽宁省首批省级林业产业龙头企业"，2011年1月"森涛"商标被辽宁省工商行政管理局评为"辽宁省著名商标"。

2013年1月被辽宁省林业产业协会授予"辽宁省名牌林产品"的荣誉称号。2014年1月被中国中药协会中药材种植养殖专业委员会评为"道地优质药材（林下山参）种植基地"。其公司基地已通过GAP中药材种植基地认证，还被正式评为国家级野山参标准化示范区。目前在全国拥有230多家连锁店，产品畅销韩国、日本、印尼等十多个国家。企业开发、组建"西洋参基地"、"移山参基地"、"鹿茸生产基地及深加工"、"山野菜深加工"、"蛤蟆油提纯""国家专利产品秘制速溶山参粉"等拓展项目。

2014年12月与天津天士力控股集团洽谈合作成功，成立了辽宁天士力参茸股份有限公司，并担任公司副董事长一职。任职以来，带领公司全体员工辛勤工作，坚持创新，科学决策，创造性地开展工作，顺利地完成了各项任务。

张涛本人所获主要成就：

2006年被评为"辽宁省优秀企业家"

2008年被评为"辽宁省农村青年创业致富带头人"称号

2009年被聘为吉林人参商会理事长

2010年被共青团中央和国家农业部联合授予第七届"全国农村青年致富带头人"称号

2011年9月被授予"全国优秀企业家荣誉称号"

2012年10月被中国标准化研究院参茸检测中心聘为高级顾问

2012年11月份被中国标准化研究院参茸检测中心评为野山参鉴定专家

2013年5月被本溪市青年企业家协会评为"本溪市青年创业精英"。

2014年9月当选为辽宁省经济发展研究会副会长

2015年5月被评为"本溪市特等劳动模范"

2016年4月被国家标准委员会评为"专家委员"

2018年8月获得"海外人才库国际培训鉴定证书"

2018年8月获得"国际注册农林规划师"

张心达

山东金河实业集团有限公司董事局主席

写给外孙的信

小华：

　　姥爷思考了很长时间，决定给你写这封信。

　　应该说，你生活在一个幸福的环境中。为了你的成长，你的父母倾注了他们全部的心血。你是一个好孩子，很优秀。你聪明，活泼，有追求，有理想，我们一直以你为荣。当我们看到你取得成绩的时候，我们都由衷地为你鼓掌，感到无比的欣慰。因为我们的目的只有一个，那就是期望你健康成长，早日成才。

　　人的一生会经历很多，当然也会走一些弯路。特别是在年少的时候，会有很多的梦，这都很正常，我们也理解。但有些事情应该做，有些事情

家国情怀　代代相传——见证时代的浓浓家书

辑一

不应该做。当自己还年少没有经验、不能判断的时候，需要听听亲人特别是父母的意见，他们是"过来人"，有经验，知道现在你最重要的是应该去做什么，他们知道如何去保护你爱护你，让你成长和成才。

也许你认为自己已经长大，不需要父母操心，姥爷觉得，你作为男子汉，有这样的想法可以理解。但是，你对人生、对社会的了解还太少，现在还不能承担起一个真正男人所能担负的责任。因为你现在还是一个学生，最重要的是学习。只有专心学习，才能早日成才，才能有作为，有更好的生活。在未来的路上，会有更多美好的东西，只要你现在努力，你将来就会拥有更多。

人都有迷茫的时候，都有走弯路的时候，这都不可避免，也是可以原谅的。但如果执迷不悟，不听劝说，那就很危险了。因为时间很宝贵，如果你浪费掉了，而别人在努力，美好的东西就会被别人得到，自己就一无所获。就像你现在喜欢那个女孩，如果你沉迷其中，荒废学业，将来一事无成，那你用什么来吸引她？相反，如果你专心励志，学业有成，将来你的梦想一定能实现。

我非常希望你在经历前段事情之后，好好思考一下调整一下。亲人们对你的规劝，绝对不是害你，而是为了你的将来。我相信你会理解你父母的苦心，把自己的思想调整好，把未来的路走好。

　　同时，也希望你振作起来，回到学校，安心学习。你现在最重要的事情就是学习。少壮不努力，老大徒伤悲。只有把知识学好，才能在社会上有一席之地，才能得到自己想得到的。世界上没有后悔药，更没有回头路，时间浪费掉，就永远也回不来了。

　　姥爷对你始终很有信心，相信你会用实际行动向我们证明你是个追求上进、有理想有孝心的男子汉。

姥爷

2012年3月7日

张心达董事长的外孙小华从小就是一个聪明活泼的男孩，深受姥爷的喜爱，也很听姥爷的话。2011年年底开始，在读初中的小华陷入早恋，无心学业。父母想尽办法劝说，小华仍无法自拔，家里人都很着急，一筹莫展。

在此情况下，张心达给外孙写了这封信，殷殷切切，谆谆真真。小华接到信后，翻来覆去读，最终流下眼泪，如醍醐灌顶，如梦方醒。

今天的小华已经是一名大二学生，在实现自己人生理想的道路上迈出了坚实的第一步。小华说："这封信是我人生中的最值得珍惜的宝贵财富，我会永远记住它。"

企业家小传

张心达，山东金河实业集团有限公司董事局主席。生于1945年10月，山东烟台开发区人，汉族，中共党员，大学（党校）文化，高级经济师。

历任烟台市福山区东龙乔村团支部书记、生产队长、党支部书记，带领村民兴修水利、发展工副业，走上富裕道路。

1982年4月受组织委派，负责总资产不足5万元的镇办小厂。36年来，以"正直、人和、创业、勤俭"为厂训，以"认识革新、管理革新、技术革新"为方针，坚持推进产品战略、创新战略、资本战略、人才战略，使企业发展成为总资产超过35亿元，产业涉及高端化工、机械制造、房地产开发、养生养老、文化旅游等领域的综合企业。其主导产品"古金牌"保险粉综合实力位居全球第一，引领世界保险粉行业的发展。开发建设的磁山温泉小镇，所创造的全程化一站式菜单服务的养生养老新

家国情怀　代代相传——见证时代的浓浓家书

辑一

模式，被誉为"中国样板"。

其本人曾获"全国乡镇企业家""中国民营化工功勋企业家""山东省优秀共产党员""山东省劳动模范"等称号，担任县、市、省人大代表超过30年，深受社会各界赞誉。

企业就是我们的船

——新时代企业家书

改革开放四十年是中国民营经济蓬勃发展的四十年，这一点不仅体现在民营企业的数量和规模上，更体现在民营企业的企业文化、企业家的眼界和胸怀上。在今天，许多民营企业家致力于打造"亲如一家"的企业文化，在企业中实现真正的人文关怀。

本辑收录的书信，是企业家们写给员工的书信，他们把员工作为家人，这不仅仅是一种关系，更体现了企业也属于员工这一文化内涵。这种内涵转化成一股强大的力量，使全体员工共同为企业的发展而奋勇拼搏。

景　柱　　海南省工商联主席
　　　　　　海马集团董事长

杭州娃哈哈集团　　宗庆后
董事长兼总经理

景　柱

海南省工商联主席
海马集团董事长

致敬三十年

全体海马人：

过去四十年来，中国取得了五千年文明史上空前的经济成就，这首先归功于党的英明领导，归功于改革开放的伟大国策，也归功于中华大地诞生了企业家群体和企业家精神。因此，我们首先要向伟大的党致敬！向伟大的国家致敬！向伟大的时代致敬！

1988年，海南建省办经济特区。同年，海马的前身海南汽车冲压件厂成立。中国四十年波澜壮阔的改革开放，海南是历史见证；海南三十载勇立潮头的特区建设，海马是历史见证。

30年来，海马集团从一个冲压车间发展成为海南最知名的企业之一，目前已拥有汽车、金控、置业三大产业板块，总资产400多亿元，员工4万多人；已累计生产汽车200多万辆，累计发放贷款500多亿元，累计建房200多万平方米，累计纳税300多亿元，累计公益捐赠5亿多元；2001年至今，海马已连续17年位列中国民营企业500强、中国制造企业500强。

作为海马拓荒者的一员，我有幸参加了海马的第一次创业。1997年6月1日，我上任濒临破产的海南汽车制造厂厂长，从而有幸领导了海马的第二次创业和第三次创业。回想起三次创业的一幕幕，我经常眼睛湿润，心潮澎湃，一幅幅鲜活的画面在我的脑海里不断重现。我们必须尊重历史、尊重规律、尊重人性，对三十年来支撑海马一路前行的典型人物、正面事件、闪光精神等人类社会健康前行的正能量表示致敬！

一、致敬领导者

截至2018年，已有3位中共中央总书记以及多位党和国家领导人、几百位省市领导亲临海马视察工作、关怀指导，使我们得以在正确的道路上长期而健康地前行。向他们深表致敬！

在每一个特殊的历史阶段，总有一些生命成长的体验让人难以释怀！1997年12月1日，为解决海马的生死存亡问题，海南省委老书记汪啸风，专程到位于十堰市的二汽总部出差。凌晨四点火车到达十堰车站时，老书记刚刚入睡。因为停站时间太短，几个人连拉带推，老书记才得以从已经启动的老式火车上脱身。第二天，老书记和时任二汽党委书记苗圩会谈后，又匆匆赶赴北京参加全国经济工作会议。12月3日，我和朱宏林陪同三位厅长从襄樊乘飞机回海口。那天天不亮，大家就从十堰往襄樊赶，但恰遇寒风飞雪，机场关闭。候机厅里没有暖气，唯一的餐厅里，食物早被旅客抢购一空。我们几个又冻又饿，最后只能分头搜集客人吃剩的残羹冷炙，才得以充饥御寒。

第三次创业初期，时任郑州市委书记王文超，下班后经常自驾汽车到海马工地"微服私访"，他一不提前打招呼，二不带任何随员，在现场随机和普通员工深入交流，了解工程上遇到的困难，并在第一时间排忧解难，从行动上和精神上给予第三次创业的海马人莫大的关怀……如此等等。三十年来，这些刻骨铭心的关怀和温暖，不胜枚举。向他们表示特别的致敬！

诚信是最大的卖点，守法是最后的底线。海马创业三十年来，一直坚持"不行贿、不偷税、不欠薪、不侵权、不搞假冒伪劣"，一直在"亲""清"政商关系的道路上坚忍前进。海马能走到今天，正是遇到了一大批优秀的领导者，让我们切身体会到了党的关怀和国家的具体力量。我们必须向领导者致敬！

二、致敬拓荒者

1988年，海南办大特区，国内名牌大学的优秀毕业生、国有企业不甘于现状的优秀人才、在内地奋斗的海南籍才子佳人等等，十万人才从祖国四面八方奔赴海南岛。这其中就有一批鸿鹄大志者，进入海马，开垦荒原，建功立业。

从1988年第一次创业的"小打小闹"，到1997年第二次创业建成的海南基地，再到2006年第三次创业建成的郑州基地，三十年来，海马已形成了百万辆的整车业态。其间，领导班子新老接替，接力赛跑，都在为海马建功立业。

秦全权，1985年就参加海马项目筹建，至今已在海马奋斗33年。第一次创业时，他担任基建副指挥长，拼命工作，经常废寝忘食、通宵达旦。积劳成疾得了严重的胃病，但他重伤不下火线，导致胃部大出血，送到医院抢救及时，才算捡回了一条命。三十多年来，他从一名技术员，逐步成长为海马汽车板块的董事长兼总裁。

胡海涛，来自军工单位，人高马大，工人出身，车磨铣刨样样精通。海马开发第一款汽车HMC6470时，公司搞模具攻关，当时我主导设计，他主导加工。有近一年的时间内，我们几乎是每天都在车间相互配合干到深夜，之后再喝一顿二锅头。在我俩的带领下，海马汽车模具设计与制造能力率先形成。第二次创业过程中，胡海涛曾经二次脑溢血，抢救回来后骨瘦如柴，但他仍然多次扛着图板来到我的办公室，请求参加科研攻关。遗憾的是，这个一心扑在工作上的"拼命三郎"，英年早逝在海马的红土地上。他走的时候，我带领公司全体干部赶到火葬场，集体为这位好兄弟送行！

谭继民、龙祖发、陈晓峰等是十万人才闯海南的内地大学生代表。谭继民和龙祖发都是1988年从清华大学毕业来到海马，他们长期甘于奉献，严于律己。名校出身，却能坚守基层。陈晓峰1988年从天津大学毕业到海马，被第一批派驻外地销售汽车。1996年底，陈晓峰因销售贷款70多万元没有收回，不能回家过年，而那年春节他正好要回老家结婚。当时我带着他到武汉找到经销商讨债，一直谈判到腊月二十九，总算拿到了50万元支票，大年三十才从武汉动身往老家赶。

第一次创业初期，大家住集体宿舍。所谓的宿舍，其实是用大块空心砖搭建的临时工棚，房门下面能钻进大猫，房梁以上通排敞开。大家睡上下铺，夜里隔壁的呼噜声震天动地。那时的业余生活也非常单调，一般只是三种活动：一是骑自行车到西秀海滩看海，二是去海南师院图书馆看书，三是到南航司令部看露天电影。中秋节时分，我们相聚在工厂门口的小广场上，一瓶啤酒、一块月饼，仰望着天空的月亮，思念着远方的亲人。

拓荒者们像一个大家庭，相互鼓励，相互支持。大家对生活理解、对工作热爱、对梦想憧憬、对选择坚定，用坚守燃烧着自己的青春和芳华。

三、致敬担当者

一个团队的生死存亡取决于关键的少数，而关键的少数是否关键取决于能否担当。历史性的担当者往往不论出身高低贵贱，总是在紧要关头挺身而出，舍小我而保大我。

1994年，海马北海公司55辆大MPV被骗至深圳宝安，价值2000多万元。我首先在深圳

潜伏了十几天，侦察到赃物被藏匿在宝安区福永镇的工业厂房中，然后和曹小涛组织60多名员工配合法院异地执法，控制现场后没有找到车钥匙，员工们15分钟内就撬开了全部车门，用点火线圈启动汽车并开离现场。后被不明真相的群众包围，继而被当地警方扣留。交涉到傍晚撤离宝安时，又遭到对方围追堵截。车队在凌晨时分撤到广州后，陈晓峰独驾落单，被越秀区公安巡逻队视为盗车贼再次扣押。几经周折，终于将55辆汽车全部转移到顺德市的安全地带。这次"宝安行动"，60多名员工疲劳奋战五天五夜，没有一个认怂的，个个都是担当者。

其实这种难忘的经历还有很多。

1993年为测定单车运费定额，我带领7名储运司机，每人配发一辆汽车、一箱面包和一箱矿泉水，走乡间公路从海口开往郑州。为了赶路，大伙儿饿了吃面包、困了就在车上打个盹，还经常用矿泉水瓶子充当临时小便池。这样马不停蹄地开了四天三夜，终于按计划完成了测试工作。

2007年，孙忠春从海口调到千里之外的郑州基地，主导汽车板块第三次创业。当时郑州工厂还是一片荒地，办公室和住房都是外租的。孙忠春经常是白水煮面条，拌上点酱油，就是一顿饭。由于行业资质原因，郑州基地短短十年内，历经了三次转型。每次转型都是一次阵痛、一次煎熬、一次冒险。转型不成功，就意味着灭顶之灾。今天的郑州基地已是海马汽车的主要经营基地，但孙忠春的体重从原来的160斤，降到了现在的120斤，切除了胆囊，还患上了糖尿病、胃病等多种慢性疾病。

在三次创业过程中，我们始终坚持发挥党委的政治堡垒作用和政治引领作用，发挥党员的先锋带头作用和政治担当作用。三十年来，共涌现出133名优秀共产党员，其中省部级23名、公司级110名。

担当就是吃大苦，担当就是扛大责，担当就是当脊梁。在此，我们必须向担当者致敬！

四、致敬创新者

稳健是最好的发展，创新是唯一的出路。没有创新就没有海马的今天，更没有海马的未来。而创新者就是敢于失败者，就是破旧立新者，就是持续改进者，就是谋划未来者。三十年来，我们坚持以公司使命和公司愿景为创新目标，以海马人为创新

主体，以海马精神为创新内力，先后创办了海南第
一家汽车公司、海南第一家财务公司、海南第一家
寿险公司、河南第一家轿车公司、河南第一个除霾
住宅小区、河南第一个城市会客厅等。海马内部的
创新者涌现出了一茬又一茬。

刘海滨，1991年加入海马，在研发岗位上一干
就是25年。在第一代发动机整机国产化替代时期，
当时我们经验少，装备也少，从不被行业所看好。
但刘海滨和一批老工人却敢啃"硬骨头"，试装、
路试、整改达100多次，终于获得成功。日本专家
测试后说："犹如在乡村医务所做了一次成功的心
脏手术。"

张会文，历来勇于创新、敢打硬仗。2010年8
月，郑州基地开工建设发动机项目，张会文不慎脚
踝骨折，但他没有休息过一天，连续3个多月打着
石膏，或坐轮椅或拄双拐，奔波在工地上，往返于
郑州和海口之间，连空姐们都记住了这位坚强的瘸
腿客人。从发动机设计到装备制造，从DCT变速器
到插电式混合动力，从跑步菜鸟到全马精英，在张
会文身上，我们能看到海马顶级动力的未来。

三十年来，我们已累计申请国家专利484项，

累计商标保护1428项，累计发放科技进步奖和项目奖超过5000万元，累计评出海马科技进步奖178人次，还诞生了二位国务院特殊津贴专家和9位省部级专家。

历史从不眷顾因循守旧、满足现状者，机遇永远属于勇于创新、永不自满者。让我们向创新者致敬！

五、致敬实干者

王阳明讲：想，都是问题；做，才是答案。海马三十年的创业史，正是实干者一步一个脚印踩出来的汗水之路。

2004年，我组织召开了海马国际化战略的第一次会议，确定公司国际贸易部的业务定位，从进口为主转型为出口为主，决心用十年的时间完成海马国际化进程。前些年，黄福印打下了海马国际化的基础。董国强上任国际公司总经理后，坚决执行集团确定的聚焦战略，像个空中飞人，调度各方，五加二、白加黑。在国外出差期间，董国强曾在飞机上突发急性阑尾炎，一下飞机就进了医院，手术后的第3天就出席产品上市发布会。十几年来，国际公司的全体员工常年根植一线市场和生产现场，苦干实干、坚韧不拔，2017年终于取得了重大突破。陈焕兴，在海马成立当年就入职从事汽车维修工作，一干就是30年。从一名电工成长为汽车维修大师，成为海南省政府直接联系的重点专家，享受国务院颁发的特殊津贴。但没有多少人知道，曾经身患恶性囊肿的他，从没有耽误过任何工作。

有一个规律叫一万小时法则，说是任何一门专业，只要干到一万小时，就会成为这方面的专家。成为专家固然令人羡慕，而三十年的实干，才令人肃然起敬！

空谈误国，实干兴邦。只有真抓才能攻坚克难，只有实干才能梦想成真。务实求变、务实求新、务实求进，为实干者撑腰，为干事者鼓劲，向实干者致敬！

六、致敬坚忍者

成功者背后，都是终生的"创新实干、坚忍担当"，这其中"坚忍"是最难做到的。有的人智商高，博闻强记、七步成诗，但一生却没什么大成就；有的人情商高，八面玲珑、左右逢源，但结局

1991年，景柱在冲压车间

往往都是"竹篮子打水一场空"。

成功者不乏智商平平、情商一般者，但他们都有一流的逆商。所谓逆商就是坚忍。想干事、能干事、会干事、干成事、不惹事，靠的不仅是智商高，也不仅是情商高，更是逆商高，这就是人性中的"次优理论"。担当者横刀立马，创新者前赴后继，实干者一批又一批。但坚忍是人性的大敌，成功的坚忍者少之又少。

我们1988年创业办厂，1998年就被"缴了枪"。当时大家的汽车梦不灭，成立持股会再创民营海马汽车，2004年二次重组时又被"充了公"。但

"起了个大早赶个晚集"绝不是我们放弃的理由，2007年我们突围至郑州后，从零开始第三次创业，总算保住了海马的根。这期间一熬就是三十年！能一起走到今天的海马人和合作伙伴都是坚忍者！

佛家讲六度万行，"布施、持戒、忍辱、精进、禅定、智慧"，这是修成正果的根本大法，但其中贯通之魂惟有坚忍。能心苦者不辛苦，所谓"按心兵不动，如止水从容"，就是既要耐得寂寞、受得冷落、咽得委屈，又要扛得压力、担得责任、迈得脚步，更要经得诱惑、Hold定力、守得灵魂……因此，坚忍就是平常之中见伟大，坚忍就是用汗水浇开的花。

只有夕阳的产业，没有夕阳的企业。大才必为国用，家殷必靠国运。当前海马在新时代中开启第四次创业，我们必须立足于新发展理念，全面践行国家战略。海马第四次创业的愿景是"品质海马、中国符号"，靠的是"创新实干、坚忍担当"的海马精神，特别是"坚忍"这一灵魂。我们必须向坚忍者致敬！

各位同仁！过去的三十年，我们为中国经济社会发展尽了绵薄之力，又一个三十年在新时代中开始了，不是做多大，而是做多好；不是走多快，而是走多远。在第二个三十年中，我们将"横向研究专业、纵向研究传承"，继续坚持"脚踏实地、感恩惜福"的创业之本；继续坚持"创新实干、坚忍担当"的创业之魂；继续坚持"先做精、再做稳、后做强、不争大"的经营理念。决不辜负自己的初心，决不辜负新时代，决不辜负党和国家的殷切期盼！

懦夫从不启程，弱者死于路中；打垮自己的从来不是强大的敌人，而是懦弱的自己。致敬三十年，脚踏实地、感恩惜福；奋斗新时代，创新实干、坚忍担当。

我们一定要实现"品质海马、中国符号"的伟大愿景！

2018年6月1日

背景链接

　　2018年是海南建省办经济特区30周年，也是海马集团创业30周年。30年来，海马见证了波澜壮阔的改革开放，也见证了中国民营企业的从无到有，从弱到强的发展历程。2018年6月1日，景柱以"致敬三十年"为题，给全体员工撰长书一封，总结海马30年的发展历程，挖掘精神，传承根魂。他以人说事，以事说理，总结规律，透视人性，将海马30年创业史娓娓道来，读之无不动容。此信是海马30年发展的"史记"，也是四十年改革开放历程中，中国民营企业艰苦创业的真实写照。

企业家小传

景柱，1966年10月生，河南兰考人，中共党员，北京大学博士后，教授、博士生导师，海马汽车创办人。现任十三届全国政协委员，海南省工商联主席，海马集团董事长。

1988年，海南建省办经济特区，全国各地无数热血青年涌向海南。同年，海马的前身海南汽车冲压件厂成立，刚从重庆大学毕业的景柱也加入到"闯海"大军之中，和海南的汽车产业结缘。30年来，他从一个普通技术员成长成为知名企业家，并担任了海南省工商联主席。

景柱出身理工，爱好文史哲。参加工作的前二十年主要忙于科研，35岁时开始业余写作，笔耕不辍，先后完成《中国汽车企业核心竞争力研究》《兰梦思絮》《行者》《海马哲学》《问道》《三品常青》《中道西术》等专著。

景柱长期扎根在教学科研一线，致力于中西文化两融合、"产学研"三统一、文理工商四贯通。他坚持中国优秀传统文化和西方法治文明的和谐统一，提出了"中道西术""法礼共治"等思想观点，形成了中西交融的企业哲学。

宗庆后

杭州娃哈哈集团董事长兼总经理

写给所有娃哈哈人的一封家书

亲爱的各位员工：

　　我们娃哈哈从一间小小校办工厂成长为国内最大的饮料企业，与所有娃哈哈人的努力密不可分。今年是改革开放40周年，同时也是我们娃哈哈而立之年过后的第一个年头。谨以这封家书致敬40年的改革开放历程，致敬31年来所有辛勤付出的娃哈哈人。

　　我们党领导的改革开放这场中国的第二次革命，不仅深刻改变了中国，也深刻影响了世界。很荣幸，咱们娃哈哈人在这样波澜壮阔的历史进程中没有缺席，始终听党的话，紧跟党走。而凝聚小家，发展大家，报效国家，是娃哈哈"家"文化的内涵。31年来，我们娃哈哈这个大家庭，一直身体力行，把个人、企业与国家的命运紧紧地联系在一起。可以说，没有改革开放就没有今天如此繁荣的社会主义市场经济，更无法想象民营经济的发展壮大，当然也就没有我们的娃哈哈。

娃哈哈要对改革开放致以敬意，同时我也要向这个大家庭里的每一个人致以敬意。改革开放为民营企业发展提供了无限可能，但实现这种可能却要每一个娃哈哈人去身体力行。40年的改革开放过程当中，有许许多多的企业发展起来了，也有倒下的，而娃哈哈走到了今天，归根结底靠的还是每一位娃哈哈人的坚韧、努力与认同。

记得娃哈哈成立之初，我们一个小小的校办工厂去兼并杭罐厂这个大国企，这在当时简直是天方夜谭，冒天下之大不韪。但就是因为每一位真心爱厂如家的员工的鼎力支持，让我们能够以小博大兼并成功，为娃哈哈走得更远、走得更好奠定了基础。还有那些杭罐厂员工，我也要向他们致以敬意，因为他们在新旧观念的冲击中没有被击倒，而是选择成为娃哈哈大家庭中的一员。他们的加入是对我们这个大家庭最好的认可。

　　如今，娃哈哈的员工已遍布大江南北。无论何时何地，无论退休或离开，只要你依然艰苦奋斗、坚韧不拔，依然践行着"凝聚小家，发展大家，报效国家"的家文化，你就永远是娃哈哈大家庭中的一员。星星之火可以燎原，希望每一个娃哈哈人能把对改革的敬意和为社会创造价值的心意带到所有你们工作和生活过的地方。

　　事实上，正如我所期望的那样，娃哈哈人一直以来都始终践行着我们的"家风家训"，饮水思源，时刻牢记"先富带后富、实现共同富裕"的社会责任。1994年我们对口支援在涪陵建厂之初，有很多员工有不解，确实那里的条件太艰苦，有太多的困难需要去克服，仅就企业发展来说有更好的投资选择。但是娃哈哈的员工没有让我失望，决定了的事，大家就义无反顾地去做。涪陵公司建成投产第一年就创造产值5678万元，利税813万元，跻身重庆市工业企业"五十强"，还解决了一千多名移民的就业。

我想这就是家的力量，让娃哈哈人始终拥有强大的后盾和昂扬的斗志，任何时候都能攻坚克难，在造福企业的同时也承担起社会责任。涪陵只是一个开始，在那之后又有更多的娃哈哈人奔赴全国各地，在"老少边穷"地区生根建厂，为当地经济做出了卓越的贡献。后来这也变成了娃哈哈人的一种使命和责任。如今31岁的娃哈哈应当继往开来，承担起更多的社会责任，这样才能使我们投身的事业变得更有价值。

去年我们举办了娃哈哈三十周年庆典，那不仅是而立之年的生日庆典，更是所有与娃哈哈风雨同舟、并肩前行的员工们的受勋日。盛典上，我看到了众多80后、90后的身影，这些在我眼中的孩子们如今已渐渐成为娃哈哈大家庭中的骨干成员。作为娃哈哈人，你们很幸运，因为你们身处于一个有着光荣历史的大家庭中。同时你们也身负重任，过往的历史是宝贵的精神财富，但要在这个新时代里成就一番事业，还需要你们年轻一代用新的思维、新的方法和务实的工作去托起娃哈哈的未来。

各位娃哈哈人，回首过往，我为大家的付出与坚持而感动，也为大家昔日的选择而感激。

如今，站在改革开放40年的历史节点上，我希望大家要往前看、往远看，看到我们面临的机遇与挑战。我们要把饮料从"安全"转向"健康"，就是要让娃哈哈的产品更高标准地满足大众对美好生活的向往和追求；我们要向高新技术产业发展，就是要积极响应中国制造2025战略，为我国从制造业大国向制造业强国迈进贡献自己的力量；我们开展分级授权、岗位责任制和流程改造，就是要激发每个人的潜力和主人翁意识，为这个大家庭做出更多贡献……未来，我们要做的还有很多，改革开放的大

企业就是我们的船——新时代企业家书

辑二

147

潮中娃哈哈是先行者，在新时代的弄潮儿中我们依然要走在前列。

就像改革永远在路上，娃哈哈是奔着百年企业而去的，为了这个目标娃哈哈人始终要团结如一家人，持之以恒、共同努力把企业经营好、发展好，守护初心，砥砺前行，用自己的辛勤和智慧，共筑中华民族伟大复兴的"中国梦"。

2018年7月16日

家书
背景链接

　　今年是改革开放四十周年，也是娃哈哈三十而立之年后的第一个年头。作为乘着改革开放的东风成长起来的第一批民营企业，可以说没有改革开放就不会有现在的娃哈哈。同时娃哈哈的辉煌成绩，也是依靠全体娃哈哈员工的不懈努力。

　　改革开放的脚步继续向前，在今天，这个承上启下的历史性时刻里，宗庆后希望用这封写给所有娃哈哈人的家书，凝聚企业向心力，传递家文化的力量，激发所有娃哈哈人的动力和激情，为企业的发展共同奋斗，为中国经济的腾飞再添助力。

企业家小传

　　宗庆后是杭州娃哈哈集团创始人，现任娃哈哈集团董事长兼总经理，也是中国著名的商业领袖。

　　宗庆后于1987白手起家，成功创立了自己的品牌——"娃哈哈"，并迅猛发展成为中国最大的饮料企业和最具竞争力的民营企业之一。其创建的"娃哈哈"品牌享誉国内外，被业界称为营销网络的"编织大师"。

　　宗庆后也是一位热心公益的企业领袖，乐于承担社会责任，是中国扶贫事业的先行者。娃哈哈在教育、社会福利和自然灾害救助方面累计捐赠逾5.6亿元人民币，并荣获"中华慈善奖"等荣誉。

　　宗庆后历任第十届、十一届、十二届全国人大代表，浙江省工商联副主席，中国饮料工业协会副理事长，浙江大学MBA特聘导师等社会职务。

不忘初心
砥砺前行

纪念改革开放
四十周年

[辑三]

我们是家人

——一封特殊家书

　　人生有三情，友情是其中一情。友情是人生活中重要的情感之一。朋友对于企业家而言不仅仅是生意场上的"人脉"关系，更是经商道路、人生之路上志同道合的伙伴。

　　本辑虽仅收录一封企业家与友人的通信，但信中双方互陈对工作、对生活的点滴感悟以及对对方的关怀，字里行间充满了相互理解、相互扶持的真挚友情，为我们从另一个侧面展现了当代民营企业家的精神风貌。

汤　亮

上海市工商联副主席
中国民间商会副会长
奥盛集团董事长兼总裁

不忘初心
砥砺前行

汤 亮

上海市工商联副主席
中国民间商会副会长
奥盛集团董事长兼总裁

写给陈喜庆的信

喜庆副部长：

您好！

大札收悉，十分感谢您对我的谬奖，特别是被您列为"三友"的知己，更是荣幸之至！作为一名无党派人士，我也为能结识像您这样睿智、热情的领导兼朋友，深感人生不虚。

花甲安然，潇洒卸甲，是人之喜事。如有机会，定当置酒帝都，浮白以贺。常言道：人生之精彩，花甲才起步。因为若以终局论全局的话，人生的下半辈子才是生命乐章的精华迭起部分。此时此刻，了无绊羁，大可马走南山，乐之所乐，我真是羡慕之极！

正如您所说：朋友是不下岗的。希望能继续在政协会议中，聆听您的高论。也希望您退休后，有机会束装南下，客旅春申，到奥盛集团来做客，并指导我们的工作。

顺致 夏安！

汤亮

2016年6月21日

一书一情怀
民营企业家家书

附：写给汤亮的信

汤亮同志：

您好！时间过得真快，不知不觉已经步入花甲之年。最近，经中央批准，我已经正式卸任中央统战部副部长之职。

此时此刻想同您说的话很多，但最想和您分享的一条人生感悟是：有什么别有敌，没什么别没友。我们在这么多年的工作中结下了深厚的友谊，我为有您这样的好朋友感到荣幸和自豪。特别是，您是我的朋友，是统战部的朋友，更是我们党的朋友，可以说是"三友"型之友。为了永远纪念我们的"三友"之情，我创造了一个字"羴"。

另外，还想告诉您的是，虽然我从领导岗位上退下来了，但在朋友的岗位上不会退下来，永远做您最忠实的朋友。

顺颂　时祺

陈喜庆

2016年6月16日

　　陈喜庆同志是中央统战部原副部长，曾分管无党派和党外知识分子工作，因此这些年来我们之间的往来较多。特别是在每年的全国政协会议上，曾多次聆听他的即席发言，很是钦佩他的思想敏锐、学识渊博、见识不凡。

　　两年前的一天，喜庆副部长给我发来一封信，说他退休了。我惊讶时间过得真快的同时，也深为欣赏喜庆副部长面对"到站"退休的洒脱态度。

　　喜庆副部长在信中对我的"三友"谬奖，实在愧领。回忆往事，心潮起伏，我给

我们是家人——一封特殊家书

辑三

喜庆副部长也回了一封信。

君子之交淡如水，朋友之间的纯真友谊，是人生旅途中最宝贵的财富，确如喜庆副部长所说，朋友是"永不下岗"的，值得永远珍存。

衷心祝愿喜庆副部长的赋闲生活，同他的职业生涯一样，潇洒而精彩！期待有机会再度握手，促膝交谈。

——汤亮附记于 2018年5月

企业家小传

汤亮，无党派人士，经济学博士，中国社科院数量经济和技术经济研究所博士后。第十三届全国人大代表，第十二届全国政协委员，中国民间商会副会长，上海市普陀区政协副主席，奥盛集团有限公司董事长兼总裁。华东师范大学、复旦大学兼职教授、博导。中国国家画院研究员、上海市政协书画院画师。

汤亮还担任中国民营经济研究会副会长、中国集团公司促进会副会长、上海市工商联副主席、上海市中青年知识分子联谊会副会长、上海市普陀区工商联主席等职务。

汤亮曾获得"中国特色社会主义事业优秀建设者"、"中国十大最具社会责任企业家"、"中国优秀创新企业家"、"全国企业文化突出贡献人物"、"全国关爱员工优秀民营企业家"、"各民主党派、工商联、无党派人士为全面建设小康社会做贡献先进个人"、"上海领军人才"、"上海市劳动模范"、"上海市十大青年经济人物"、"上海市优秀中国特色社会主义事业建设者"等荣誉称号。

奥盛集团创立于上世纪末，是一家以桥梁缆索制造产业链为核心的高科技制造业集团，是世界排名前列的大跨径桥梁缆索供应商。连续多年位列中国制造业企业500强和中国民营企业500强，是中国制造行业科技创新的领军企业。

20多年来，奥盛集团以科技创新为驱动，与世界桥梁工程的科技水平同步发展，并在多项新材料和新技术领域领先于国际水平。迄今为止，奥盛集团已获得重大科技成果13项，其中包括国家科技成果一等奖2个、二等奖1个，拥有123项发明专利，获得"詹天佑奖"、"鲁班奖"等国家级质量奖82项。参建完成国内外的大型地标性工程120个，为全球800多座大桥提供了缆索结构。在英国皇家《桥梁》杂志的行业全球统计排名中，奥盛在全球特大型悬索桥、特大型斜拉桥缆索市场的份额，分别达到51.2%和54%。

　　近年来，奥盛集团在高质量发展的道路上，正在向创新型、科技型的企业集团拓展。目前，集团旗下又增添了两个新的高科技企业。一个是专注于高端心脏医疗器械研发制造的企业，其"左心耳封堵器、二尖瓣修复系统"等产品，都是2017年TCT大会上最受关注、最前沿的创新产品。另一个是制造航空发动机叶片的企业。这两家高科技制造业企业，将为奥盛集团注入高质量发展的强劲动力。

[辑四]

不是家书似家书

——家书背后的故事

改革开放四十年来，很多创业者投身民营经济的发展大潮，其中不乏父业子承的经商家族。本辑收录的不是严格意义上的家书，但也是"家书"，是家书外的故事——企业家的家族故事。在这些故事中，我们不仅看到企业家艰苦创业，子承父业，同时还了解了父辈对子女是如何言传身教的。虽然本辑仅仅三篇，但正是这些家和业兴的家族故事，让我们看到改革开放四十年民营经济快速发展的历史缩影。

波司登国际控股有限公司
董事局主席、总裁 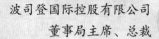高德康

林卫慈 全国工商联第十二届执委
上海新联纬讯科技发展股份有限公司
董事长

中国民间商会副会长
红豆集团党委书记、 周海江
董事局主席兼 CEO

高德康

波司登国际控股有限公司
董事局主席、总裁

我的父亲：一生勤勉传家风

（原文有删节，标题为整理者添加）

......

　　我的父亲高龙生出生在山泾村的贫苦农民家庭，家境贫寒，从小就跟随父母种地，吃苦耐劳，耕作在田头。十八岁时，祖父母让父亲拜同村裁缝高根林为师，开始做缝纫生意。父亲勤奋好学、自强自立，练就了一身好手艺。父亲待人真诚，技术精益求精，赢得了广大农民的称赞，成为远近闻名的裁缝师傅。成家后，又和母亲共同挑起家庭生活的重担，并培育了我们五个子女长大成人。在关心我们生活的同时，对我们的要求也很严格，常常告诫我们，要诚实为人，认真做事。我们从小耳濡目染，懂得了做人的道理，懂得了勤俭与诚信的重要性。

父亲的好手艺也带出了一大批优秀的徒弟。年轻时，我和姐姐也是拜师于父亲门下，受益于父亲，既是师父、又是父亲，这种双重关系的叠加，让我对父子关系有了更深层次的理解，不仅是血脉的传承，更是家业的传承。但父亲并没有因为父子关系而放松对我的要求，恰恰相反，他对我更加严格苛刻。正所谓"严师出高徒"，父亲的榜样给了我无穷的力量。我出师比别人早，我的吃苦精神和缝纫技术也明显优于其他人。我能有今天的波司登事业，和当年父亲的悉心栽培和严格历练是分不开

波司登创业元老高龙生

不是家书似家书——家书背后的故事

辑四

的。可以说，父亲开启了波司登的基业，而我继承并发扬光大，还顺势而为创立了波司登品牌。

父亲热爱生活，正直善良，为人诚恳，从小教育我们，要真真实实做人，踏踏实实做事，正是他的言传身教，赋予了我们健全的人格。作为波司登的创业元老，父亲倾注了大量的精力和心血。

1976年，当年已54岁的父亲，为了使大家都有活干，召集原来单独出门打工揽零活的人，集中组办了缝纫组，出任缝纫组组长。在村领导的支持下，租厂房，开创性地创办山泾村缝纫组，使村里有缝纫手艺的，特别是带有残疾的缝纫师傅，人人都有活干。集中做加工，这在当时也是创新之举。那时父亲开始对外接加工活儿，主要是常熟帽厂、针织厂的来料加工。为了缝纫组的发展，父亲起早贪黑、兢兢业业、任劳任怨，用父亲的话说，"我要干的事一定要干好"。

一直到1980年，父亲辞掉了山泾村缝纫组组长的职务，推我上去，要培养我，把缝纫组交给我管理，他信任我又辅助我，还时时教导我要懂得感恩回报。1986年工厂发展越来越顺，在父亲的建议下，我为山泾村的老人每人送了一个暖手的汤婆

　　2002年1月，时隔二十多年后，波司登11位创业元老欢聚一堂，追忆创业历程（左起依次为：高永明、沈雪琴、唐婉芹、周金唉、周根寿、高德康、高龙生、徐兴根、李建良、高宝和、屈小妹）。

子。1993年，72岁的父亲正式退休，离开他心爱的工作岗位。

　　父亲退休后，仍时刻不忘关注企业的发展，积极了解销售情况，经常到公司关心职工生活，常常给我提建议、做参谋、当指导，并嘱咐我多为社会做贡献，多回报父老乡亲。他时常惦念着村民，尤其困难村民。经常私下要我多帮忙、多关照。1999年，当我提出将自己多年的奖金去投资建设康博村的想法时，得到父亲及全家人的支持。父亲常常为别人考虑的多，为自己着想的少，他一直不忘提醒、嘱咐我，一定要把波司登发展得更好，要把康博村建设得更美，倾己之力，多为家乡和社会做贡献。

父亲一向身体硬朗，从来不让我们多操心。这些年，儿孙满堂，家庭和谐，事业顺畅，他从心底里感到欣慰和骄傲。特别是这些年企业持续健康发展，社会影响不断增强，康博村面貌显著改观，不时有全国各地政界、商界人士和媒体等到村里参观，碰到父亲时都会由衷地竖起大拇指。那一刻，他是那么地开心和快乐，并为此深深骄傲和欣喜！

……

　　高龙生（1921—2013），波司登品牌创始人高德康先生的父亲，波司登集团11位创业元老之一。2013年秋，高龙生老先生年老体衰病重住院，高德康虽商务繁忙仍坚持经常前往探视陪护。目睹父亲饱受病痛折磨一天天消瘦衰弱，高德康心如刀割般难受。一日回到公司后思绪难平，特意口述笔录，深情回忆父亲高龙生宽厚和善、勤勉敬业的一生，并期望将良好的家风传承久远。一腔挚孝倾诉衷肠，拳拳之心溢于言表，令人读之动容。

企业家小传

高德康，1952年出生，江苏常熟人，中共党员，波司登国际控股有限公司董事局主席兼总裁，江苏省常熟市康博村党委书记。高级经济师，高级工程师，全国劳动模范，第十届、十一届、十二届全国人大代表，优秀中国特色社会主义事业建设者。

高德康1976年以8台缝纫机起家创业，是伴随改革开放成长起来的中国知名企业家。从事服装生产和经营的四十多年间，以对服装市场的敏锐洞察力和永不满足的进取精神，使其创立的波司登成长为以羽绒服为主营业务的多品牌综合服装运营商。

作为一名具有强烈社会责任感的企业家，高德康在光彩慈善、科教文卫、扶危救困和公益环保等方面投入大量精力和资金，创立的波司登多年累计向社会捐款捐物达8亿多元，企业及个人分别于2011年、2012年获得民政部颁发的"中华慈善奖"。

高德康缔造名牌、兴业报国，是具有传奇色彩的民营企业家，也是中国品牌国际化坚定不移的推动者，对社会及商界贡献卓越、成绩斐然，先后荣获"发展中国服装事业特殊贡献功臣""中国纺织功勋企业家""中国服装行业功勋奖章""中国羽绒服装专家""中国青年志愿者特别贡献奖""全国优秀企业家""CCTV中国经济年度人物""中国纺织服装领军人物""中国杰出质量人"等殊荣。

林卫慈

全国工商联第十二届执委
上海新联纬讯科技发展股份有限公司董事长

编者注：本文从严格意义上说不是家书，但可以看成是"家书"的延伸——企业家的内心独白。我们将本文收录于此，目的是让读者进一步了解企业家在改革开放40年中的奋斗历程。

我与新时代有缘
——纪念改革开放40周年

改革开放给我们伟大祖国带来了翻天覆地的变化，就像那首歌唱的一样，改革开放让我们走进了新时代！我感触最深的是"新时代"带给我们的新机遇、新气象、新活力。"新时代"可以称得上中国改革开放40年来最好的见证。

　　20世纪80年代我在一家国企担任计算机主管，由于学的专业是工业自动化，曾经的梦想是在国企安安稳稳的干一辈子，成为一名计算机应用专家。1992年初，邓小平同志在深圳视察时发表的讲话改变了我的人生轨迹，我意识到：中国将发生巨大的变化，海阔凭鱼跃、天高任鸟飞，我所学知识和能力可以为这个时代做出更大的贡献。1992年夏天，刚过而立之年的我与几位小伙伴们一起"大胆下海"创办了一家民营企业，我给企业起了一个英文名字"NEWLAN"，中文名叫"新联"。可能是由于"新"的缘故，我与新时代有了一段美丽情缘。

　　管理思想家杜拉克曾经说过："真正的企业创新应该是注重机遇的把握"。1994年的一天，我们偶然接到一家外企打来的电话，他们在上海的办事处需要建一个智能化网络。项目虽不大，但是启发了我的灵感，中国的改革开放需要建许许多多的智能化楼宇。于是，我们抓住了改革开放的机遇，把目标定在专注开发建筑智能化这个科技领域方面，从普通的系统集成商做到了世界500强在亚太区的金牌合作伙伴，从最初的产品代理和系统集成企业发展到专业的建筑智能化系统设计、研发、总包、

运维一体化的企业，从仅有一家客户发展到近千家用户，并有了为英特尔、迪士尼、世博会、上海中心等标志性项目建设服务的机会。创业的磨砺和创新的收获，使"新联"从一家名不见经传的公司一跃成为上海市高新技术企业、上海市科技小巨人（培育）企业、上海市专利示范企业、上海市专精特新企业。2016年9月6日企业成功在全国中小企业股份转让系统（新三板）成功挂牌。

　　中国改革开放40年来，我印象最深的要数2010年上海世博会了。2007年当我得知上海将举办世博会时，就主动与上海世博局和市科委等部门联系，建议采用智能视频识别技术对世博会的人流进行科学管控，通俗地说，就是为架设在世博会场馆的摄像机设计和开发一个人工大脑，通过图像自动比对，来分析人流密度和统计人数。经过专家们的评审，这个创意方案最终被采纳，并被科技部列为"世博科技支撑"项目。经过两年多时间的研发，第一代产品问世了，我给它起了一个名字"客流眼"。经第三方权威机构检测，"客流眼"的识别精度可达到90%以上，各项指标均超过国外同类产品，并获得了3项软件著作权、申报了19项发明专利和2项商标注册。经上海科技情报所查新检索后出具的报告认定：该项目具有新颖性和良好的市场应用价值。2009年12月15日，项目顺利通过了由国家科技部委托上海市科委组织的验收。2010年3月，"客流眼"在上海世博园区安家落户，园区中运营指挥中心、中国馆、法国馆、船舶馆、太空馆、人保馆、世博轴、园区交通银行等纷纷完成了"客流眼"安装调试工作，一张客流信息视频采集网在世博园区铺设成功，静待游客入园。

2010年4月20日，针对世博会试运行第一天地铁马当路站大量客流满溢的情况，世博交通协调保障中心立即做出决定：在地铁站周边安装"客流眼"，以便实时监控客流情况，预警大客流溢出现象，为世博会的安全提供最有力、最及时的保障。军令如山倒，我们的"客流眼"项目团队克服了时间短、任务重的困难，硬是在2天时间内实现了该区域"客流眼"的全覆盖，完成了一个几乎不可能

完成的任务，创造了新的奇迹。在上海世博会的184天里，"客流眼"不知疲倦地为客流安全站岗放哨，为确保游客的人身安全出了一份力，我的心里不知道有多么的高兴！

世博会结束后，我收到了上海世博会事务协调局信息化部寄来的一封热情洋溢的感谢信，信中写道："及时掌握正确预判整体及区域客流量是保证世博会安全、有序、稳定运行的重要保障条件之一。上海新联纬讯科技发展股份有限公司利用其参与的国家科技部国家科技支撑计划（世博专项）课题'基于射频识别技术的世博园区客流导引系统开发及工程应用'（项目编号：2007BAK27B02）所取得的成果'智能视频识别系统'为上海世博会的客流量数据采集做出了重要贡献，体现了一个上海本土成熟IT企业先进的技术能力和较强的项目实施能力。"

2010年中国上海世博会为"客流眼"提供了用武之地，"客流眼"的应用，为2010年中国上海世博会的7000万客流提供了安全保障，为"成功、精彩、难忘"的上海世博会增添了一道彩虹！傲雪寒梅苦甘来！"客流眼"的成功绝不是偶然的，它凝聚了全体"新联"人的科技创新智慧，我们的"客流眼"研发团队获得了上海世博工作先进集体称号。"客流眼"以其独特的魅力荣获2010年"中华全国工商业联合会科技进步奖"，并且在2012年荣获"上海市科技进步二等奖"，我个人也获得了科技部"世博先进个人"称号。

"客流眼"的成功，让新联纬讯体验到了科技创新的无穷魅力，也品尝到了企业坚持自主创新的甘甜！世博会结束后，公司瞄准国际同类产品和技术的发展方向，从打造公共安全到城市智能管理到商业模式转型。经过几年坚持不懈的科技创新，我们将"客流眼"从"第一代"产品提升到了"第三代"产品。与第一代产品相比，第三代产品不仅体积小、精度高，而且成本也降低了50%，第三代产品支持移动互联网和APP，应用前景更为广阔。2014年，第三代"客流眼"被列入"上海智造"产品名录。2015年，新联纬讯推出了第四代"客流眼"，"客流眼"在广州亚运会等重大国际赛事中也发挥着不可替代的功效。

上海外滩"12·31"事件发生后，在黄浦区委和区政府、黄浦区市政管理委员会、黄浦区公安分

不是家书似家书——家书背后的故事

辑四

局的大力支持下，"客流眼"在外滩、田子坊和豫园迅速布防，为2015年春节的大客流保驾护航，并产生明显效果，受到人民群众和媒体的高度关注和好评，取得了较好的社会效益。2015年10月1日，《新闻晨报》播发了一条新闻：上海"十一"启用"WiFi嗅探""客流眼"等监控外滩客流。报道中指出：国庆黄金周期间，上海各大景区将迎来客流高峰。外滩作为上海标志性景点，为应对"十一"可能出现的大客流，黄浦警方今天正式启用客流监控及预警指挥平台，利用手机基站信号采集、"WiFi嗅探"、"客流眼"等高科技技术，实现每半小时更新一次实时客流。根据事先预设的不同警戒线人数，进行分色预警，一旦客流超过警戒线将采取相应的分流措施。这是上海警方首次尝试、探索利用新技术进行客流量的实时采集，通过此次国庆黄金周的"试水"，研究搭建大客流预警模型，为日后大客流研判、疏导积累经验。警方表示，通过这些技术的综合运用，进行客流的统计和预警，是警方在大客流安保工作上的一种探索和尝试，今后将在其他大型活动中推广。

2017年夏天，我带着精心研发的第五代"客流眼"，参加了第四届上海国际科普产品博览会，产品基于视频大数据分析的景区大客流管理系统，将人工智能技术与大数据技术实现了完美的结合，我们的产品系统可容纳一座城市或一个行政区域内的所有景区客流大数据，结合天气、节假日、票务、交通等多元异构信息，以高能运算和海量存储为中枢，以模式识别和深度学习为核心，实现大客流的预测、预判、预警；从原先的客流实时监控提升到客流预测分析，为决策管理服务。产品经上海市科学情报所查新咨询，具有"新颖性"和"国内领先水平"。在这次展会上，第五代"客流眼"获得了"科技创新奖"。

"客流眼"在人群密集场所的应用，是新时代科技创新的成果。借助"客流眼"，可以实时分析人群密集场所的人流密度；而根据"客流眼"的实时性、可视性、智能性，可以及时做出预警预测分析，从而实现人流应急疏导，防止踩踏事件发生。目前"客流眼"已经成功应用于上海中心、上海科技馆、上海外滩、新天地、田子坊、豫园等主要旅游景点，成为"上海智造"的一张名片。伴随着"客流眼"的不断创新，我们的技术也从建筑智能提升到了人工智能，公司业务也从建筑智能发展到了智慧城市。新时代给了我们更多的用武之地和施展才华的空间！

2017年初冬的北京，阳光明媚。11月24日，中国工商业联合会第十二次全国代表大会在京西宾馆隆重举行。上午9时，当中共中央政治局常委、国务院总理李克强一行步入会堂与全体与会代表见面时，全场掌声雷动。作为上海市的工商联代表出席会议，我感到心情十分激动。这次出席十二大的

947名代表，代表着全国2500万家民营企业，责任重大，使命光荣。大会通过了"以习近平新时代中国特色社会主义思想为指导，奋力开创新时代工商联事业新局面"的报告。报告号召广大非公经济人士"弘扬企业家精神，争做新时代表率"，积极引导企业创新发展，引导小微企业走"专精特新"之路。李克强总理在贺词中希望广大民营企业抓住新一轮科技革命和产业变革机遇，适应消费升级需求，全面变革生产、管理、营销模式，加快供给创新和品质提升，增强企业核心竞争力，培育更多知名品牌，打造更多"百年老店"。

我与新时代有缘，新联纬讯与新时代有缘。没有改革开放，就没有科技人员的新时代！我们要在自主创新、做精做强的基础上，推动民族品牌战略的实施。我将与新联纬讯的全体员工一起，一如既往、奋勇前行，积极响应党中央的号召，接过历史的接力棒，为实现中华民族的伟大复兴努力奋斗，使中华民族更加坚强有力的自立于世界民族之林，为人类做出新的更大的贡献！

企业家小传

　　林卫慈，男，中共党员，1957年出生于上海，硕士研究生，现任上海新联纬讯科技发展股份有限公司董事长，全国工商联第十二届执委、中共上海市第九届党代表、中共上海市黄浦区淮海新经济党委书记、上海市工商联（总商会）常执委、上海市体育总会常委、上海市私营企业协会第四届理事会理事、上海市智慧应急产业联盟副理事长、上海市新一代视频监控产业联盟副理事长、上海市职工文体协会副会长、黄浦区第二届人大代表、黄浦区工商联（总商会）副会长、黄浦区工商联淮海商会副会长。

　　其本人曾荣获"国家科技部世博科技先进个人"、"上海市科学技术进步奖（二等奖）"、"上海世博工作优秀个人"、"上海市五一劳动奖章"、

"上海市劳动模范"、"上海市优秀中国特色社会主义事业建设者"、"上海市优秀共产党员"、"上海市职工信赖的经营管理者"等荣誉称号。

由林卫慈一手创立的上海新联纬讯科技发展股份有限公司（以下简称新联纬讯）成立于1999年，是上海市高新技术企业，是致力于居住建筑、商用建筑、文教建筑、办公行政建筑等建筑领域，以及公共安全领域、养老领域等方面的建筑智能化系统的系统设计、系统集成及提供整体解决方案的综合服务提供商。公司业务涵盖系统设计、产品研发、设备采购、工程施工、系统集成、集成调试以及运行维护等方面。2017年公司以"产品创新、服务创

优、品牌创佳"作为增长驱动因素，把握"智慧城市"时代发展脉搏，聚焦城市大客流管理、智慧旅游、智慧健康，深度融合人工智能、大数据、物联网、云服务、移动互联技术等新一代信息技术，实施智慧城市建设一站式服务，满足现代人对建筑环境的高新要求。公司产品曾获得多项发明专利以及全国和上海的科技进步奖，并在上海世博会、广州亚运会、上海迪士尼等重大项目中发挥了积极

作用。

新联纬讯公司曾荣获"全国模范职工之家"、"全国守合同重信用企业"、"上海市文明单位"、"上海市五一劳动奖状"、"上海工人先锋号"、"上海市青年文明号"、"上海世博工作优秀集体"、"上海市'专精特新'中小企业"等荣誉称号。

此外，新联纬讯作为上海市慈善基金会"唯爱天使"基金的发起单位以及全国群众体育先进单位——上海市淮海楼宇体育促进会会长单位，每年捐款资助医学院的困难学生和社区的困难群体，为广大白领搭建体育健身的公益平台，为构建和谐社会及推动社会主义建设事业做出了积极的贡献。

周海江

中国民间商会副会长
红豆集团党委书记、董事局主席兼 CEO

改革者周海江

　　在红豆集团档案室，保存着一张1988年7月27日的《新华日报》，这张已经发黄的老报纸上载有一篇《大学教员周海江到乡镇企业展才华》的报道，记述了现任红豆集团董事局主席兼CEO周海江"弃教从商"的经历，被媒体称为"改革开放后全国第一个辞职的大学教员"，在当时引发社会热议。

　　那时的周海江23岁，正值青春年华，毅然辞去河海大学的教职，来到还处于创业阶段的港下针织厂（红豆集团前身）。他从车间基层做起，一步一个脚印，历任车间副主任、厂部秘书、公司总经理等职，至今在红豆工作30年，与员工共同把红豆集团打造成年营收超600亿元的大型跨国民营企业集团。

　　时针拨回到1987年。从深圳大学经济管理系毕业后，周海江被分配到了位于南京的河海大学当老师，这在旁人眼中无疑是跳出"农门"端起了十足的铁饭碗。然而在他被乡邻交口称赞、艳羡，被当作励志故事口口相传的时候，父亲周耀庭却正在人才问题上犯着难。

从1983年周耀庭接手港下针织厂开始，大刀阔斧的改革盘活了濒临倒闭的厂子，产品效益实现连年翻番。但也正是在这几年时间里，周耀庭深刻感受到了农民办厂的先天缺陷，也意识到了大学生对一个企业的重要性，要把厂子做大，就必须广招人才，尤其是大学生。然而这在当年谈何容易，20世纪80年代的大学生名额都是国家分配，一个名不见经传的乡镇小厂凭什么吸引大学生？困难重重！万般无奈中，周耀庭突然想起了一个人：周海江，他的大儿子！

1987年12月，周耀庭给周海江写了一封信，详尽地道出了自己的想法，希望周海江能够考虑他的建议，回到港下，与他一起创业。事实上，周耀庭尚不知道的是，周海江也已在思考四平八稳的"铁饭碗"是不是非要不可。

八十年代后期，改革开放在全国已逐渐掀起阵阵热潮，这对骨子里流淌着敢闯敢干的血液、深受深圳大学敢为天下先的精神熏陶的周海江来说，一颗创业之心早已按捺不住。接到父亲的信时，周海江长久以来的迷茫瞬间明朗，没有哪样工作会是"铁饭碗"，只有不断的磨砺带来的能力提升才是真正的"铁饭碗"。父亲的这封家书更加笃定了他弃教从商的决心，他毅然辞职。

刚入企业第一年，为了打开外贸渠道提高销量，这个外表儒雅的年轻人拿着样品，到处寻找外贸公司合作。尽管在这个过程中吃尽了"闭门羹"，但正是这样的场景和冷遇磨炼了周海江的意志，一次次的努力最终拿到了超预期的外贸订单。而这在从前，是乡镇企业想都不敢想的事情，这也让许多元老级的干部更加重视他这位大学生。

如果说拿到外贸订单还只是停留在增加企业销量上，那么周海江之后进行的一系列创新变革和现代化企业管理方式才是真正改变红豆的利器。

周海江在企业做出的第一项改革就是把厂里的销售科一分为二，变成销售一科和销售二科。为了甩掉"大锅饭"的尾巴，真正实现按劳分配，他还把竞争机制、奖励机制等引入生产部门，极大调动起工人们的积极性，工作效率明显提高了，质疑的声音没有了，厂里上上下下都很服气。周海江说："竞争是市场经济的特征，没有竞争就没有市场经济。把竞争引入到企业内部，好处是非常大的。"这种竞争机制也深刻影响着红豆的用人制

度，由此建立了更为公平的"竞聘上岗、制度选人"的人才机制。

改革，这一点一滴的改变，成为促使厂内推行"四制联动"的诱因。四制即母子公司制、内部市场制、内部股份制和活成本死比例效益承包制，可以说是红豆发展史上的一个命运转折点。关于

"四制联动"的实施，周耀庭也毫不讳言：海江功不可没。

在深圳经历过改革开放的春雷涌动，周海江对以公司制为特征的现代企业制度极为推崇，并在红豆大力倡导和推行。1992年，邓小平视察南方讲话之后，红豆率先成立了首个省级乡镇企业集团，并在1993年实行了股份制改革，逐步形成了"边界清晰的多元产权制度，制衡合理的法人治理制度，体系科学的经营管理制度"。

红豆集团实现了由乡镇集体所有制企业到民营股份合作制企业的成功转变，到上市公司，到集纺织服装、橡胶轮胎、生物医药、园区开发商业地产四大产业于一体的大型民营企业集团的不断升级。这也是周海江后来形成"中国特色现代企业制度"完整理论体系的基础。

到如今改革开放迎来40周年之际，红豆集团将"变革发展"定为年度发展主题，周海江提出以自主品牌促质量变革，以卓越管理促效率变革，以自主创新促动力变革的"三大变革"，助力红豆高质量发展，呼应改革开放永恒不变的主题："发展才是硬道理"。

从执掌教鞭到驰骋商界，三十年来的历练，周海江拥有了更为敏锐的商业眼光和敢于变革的创新精神，然而角色的变化并未改变他的儒雅作风——将"情文化"作为企业文化核心、创立"红豆七夕节"弘扬传统文化、热心公益慈善践行社会责任……

　　教师与企业家的"儒"和"勇"，使周海江带领下的红豆集团始终脚踏实地，征途如虹。

不是家书似家书——家书背后的故事

辑四

197

企业家小传

　　周海江，1988年从河海大学教员岗位辞职到农村创业，成为"改革开放后全国第一个辞职的大学教员"。他从基层工人做起，慢慢成长为副厂长、总经理等。周海江身上既有第一代企业家不畏艰难、勇于创业的冒险精神，也有新一代知识型企业家运筹帷幄、纵横捭阖的睿智。三十多年来，周海江艰苦创业，开拓进取，逐步成长为"乡镇企业异军突起"中的一个领军人物。

　　周海江善于把握企业发展规律，加速产业转型升级，首创了中国特色现代企业制度，即"现代企业制度+党的建设+社会责任"。周海江还引领企业关心员工、关爱社会、关注环境，带领企业积极履行社会责任。在北川、映秀、聚源地震灾区设立了300万元"七一红豆奖学金"；带领集团全体员工向雅安地震灾区捐款捐物614.2万元；设立一亿元基金支持大学生创业；周海江与父亲周耀庭共捐款2000万元成立无锡耀庭慈善基金会；还个人出资2000万元，设立了全国首个"无锡红豆关爱老党员基金"。目前集团累计向社会捐款捐物超5.2亿元。

近年来，周海江先后被评为"全国优秀党务工作者"，被中央统战部等单位评为"优秀中国特色社会主义事业建设者"，被团中央和全国青联授予"中国青年五四奖章"，被中华全国总工会评为"全国劳动模范"。他还当选党的十七大、十八大、十九大代表，担任全国工商联十一届副主席、中国民间商会副会长等职务。

鸣　谢

本家书在组稿、编辑过程中得到了全国工商联宣教部的大力支持，也得到了在录家书民营企业家们的大力支持，在此一并鸣谢。

由于本家书编辑时间仓促，难免有疏漏之处，敬请批评指正。

民营企业家家书编辑部

2018年11月5日

本家书在今后继续征稿，敬请全国企业家踊跃投稿，征稿电话010-58302832，征稿邮箱jiashuzhenggao@163.com.